JN311894

ぼくたちの家族

早見和真

幻冬舎文庫

ぼくたちの家族

目次

一章　母の咆哮

1

七分だ――。

若菜玲子《わかなれいこ》は腕時計を眺め、必死に思いを巡らしていた。「うなぎ」という単語が出てくるまでに、七分かかった。

「ねぇ、うなぎだよ。うなぎ」

「はぁ？　どうしたの、急に？」

フランスで食べたブイヤベースがいかにまずかったかという、玲子にとってはＳＦ小説のような夏の思い出を力説していたミッコが目を見開く。

「だから、私がこないだ浩介《こうすけ》たちと食べに行った、山梨の……。ほら、あれ、あそこ、どこだっけ？　夏も涼しいとこ」

「だから小淵沢《こぶちざわ》でしょ。玲子、さっき自分で……」

「ああ、そうそう。小淵沢で食べたもの。あれ、うなぎだった。ああ、良かった。ずーっとモヤモヤしてたから」

百五十センチに満たない身長とともにコンプレックスだった甲高《かんだか》い声が、秋の青空にこだまする。

水曜の昼過ぎ、飯田橋のお堀沿いに作られた屋外型のカフェには、若いカップルばかり目についた。主婦のグループも中にはあるが、子連れがほとんどで、玲子たちのように六十歳を超えた集まりというのはさすがに少ない。

合点がいって一人盛り上がる玲子を尻目に、小学校時代の同級生たちは怪訝《けげん》そうに顔を見合わせる。

「まださっきの話をしてるわけ？」

ミッコが気分を害するふうでもなく声を上げた。

「だって気持ち悪いもん。いや、ミッコの話もちゃんと聞いてたのよ。モンサンミシェルなんて素敵よね。私なんか旦那の付き合いで相変わらず木曽駒《きそこま》ばっかり。渓流釣りなんて全然楽しくないし、面白くない。もうハワイだって何年も行ってないわ。ラニカイビーチ、亜希子また行ってきたんでしょ。いいなぁ。あそこって、たしか轟先生の別荘が……」

胸に巣くった不安を打ち消すために、玲子はわざと固有名詞を多く挙げた。行ったことのない外国の観光地も、何十年も会っていない小学校時代の恩師の名前もスラスラ出てきて、ひとまず安堵《あんど》する。

しかし、二人は唖然《あぜん》としていた。数多い友人の中でもっとも付き合いの古い亜希子が、遠慮なく気味悪そうな視線を向けてくる。

「ねぇ、玲子。あんたホントに大丈夫なの？」

「大丈夫って、何がよ」

「いくらなんでも物忘れ激しすぎよ。話してる内容もしっちゃかめっちゃかだし。専門の病院行ってきた方がいいわよ」

「やめてよ。専門の病院ってどんなとこよ。怖いこと言わないで」

「私だって、好きで言ってるんじゃないわ。でも、あんた自分でもおかしいって思ってるんでしょ？　だからペラペラと。うなぎなんて単語、普通だったらすぐ出てくるわよ」

「普通だったらって。じゃあ何よ、私は普通じゃないって言うの？」

それには答えず、亜希子はアイラインの濃い瞳を玲子から逸《そ》らした。言いたいことは言ったとばかりに、つまらなそうな表情を隠そうともしない。

本人はそんな自分をさばけた性格だと認識しているようだし、たしかにさっぱりした面は付き合っていて楽だった。だからこそ出会った六歳の頃から、半世紀以上付き合いが続いているのだろうが、最近は言葉の端々に棘《とげ》を感じる。

ただ今回に限っては、たしかに少しだけ怖かった。ここ最近、生活に支障をきたすレベルでは決してないが、ちょっとした単語が出てこないことがたまにある。

歌番組を見ていても、歌手の名が出てこない。

「ねぇ、いま歌ってるのって誰だっけ？」

絶対に見覚えのある人なのだ。歌っている曲だってよく知っているし、年末になると必ず目にする顔である。

「ん？　ああ、誰だっけな」

夫の克明《かつあき》は読んでいる新聞から視線を逸らさず、気のない返事をするだけだった。

ジワジワと胸に水が滲《にじ》むように、不安が浸食した。歌い終わると、歌手は満面の笑みを浮かべて、司会者に迎えられた。アナウンサーが「柊《ひいらぎ》三郎さんでした。今一度大きな拍手を」と口にする。

そうか、柊三郎っていうのか……。頭の中で復唱しながら、だけどそのときもしっくりはこなかった。心の底から震え上がったのは、翌朝、目を覚ましたときだった。思い出せなかったのが日本を代表する演歌歌手だと気づいたのだ。

はじめて霜を観測したという、寒い朝だった。それなのに寝巻き代わりのスウェットが汗でねっとりと湿っていた。なんで私？　なんでサブちゃんを――？

あの朝が一番の恐怖だった。名前を思い出せなかった事実より、前夜のうちに合点がいかなかったことが怖かった。大丈夫、生活に支障があるわけじゃないんだから。最近、自分に言い聞かせることがたびたびある。

それにしても、今日は少しひどすぎる気がする。亜希子に言われた「普通だったら」という一言が、棘のように引っかかる。自分は本当に「普通」じゃないのだろうか？　冷たい風が頬を撫《な》でた。

うなぎ、小淵沢、うなぎ、小淵沢……。もう二度と忘れまいと、玲子は頭の中で繰り返した。

2

白金《しろかね》、護国寺と、それぞれ都内の一等地に住む友だちと別れ、玲子はＪＲに乗り込んだ。第一陣の帰宅ラッシュに呑《の》み込まれたが、ドア付近の手すりを確保できてホッとする。これから一時間半に及ぶ長い旅が始まる。

東京と神奈川と山梨が複雑に入り組むニュータウン〈コスモタウン三好〉に新築の戸建てを買ったのは、もう十七年前。いわゆるバブルの末期だった。

新聞を開けば新築物件の広告が山のように折り込まれ、多くのゼネコン企業が盛んに〝夢〟を宣伝していた。

転売したら一千万の利益が出た。買った家を賃貸に回せばローンなんて返せてしまう。そんな家にまつわる景気のいい話があちこちにあふれる中、投資目的の購入なんて現実味はなかったけれど、一軒家を持つことは家庭を築いた者たちが抱く、当たり前の夢だった。

当時住んでいた川崎市内の戸建ての賃貸には、十二万円の賃料を支払っていた。当初は将来の一戸建て購入を念頭に、節約にも勤《いそ》しんだ。しかし、月々の家賃に加えて子どもたちの教育にも年々お金がかかるようになり、また一人暮らしをする玲子の母への仕送りもしなくてはならなくて、貯金は一向に増えなかった。

贅沢《ぜいたく》しているつもりがない分、焦りはいつの間にか消えていた。生傷の絶えない二人の息子を必死に育てながら、朝早く夜の遅い克明の送り迎えを欠かさず、自らもパート勤めに励むうちに、瞬く間に四年が過ぎ去った。

持ち家の夢は遠ざかる一方だったが、幸せってきっとこんなものなのだと、心のどこかで折り合いをつけ始めていた。夫の克明が史上最年少で営業部長に抜擢《ばってき》されるという出来事があったのは、そんな頃だ。

非上場の小さな広告会社とはいえ、なだらかな右肩上がりだった年収がポンと跳ね、八百万円という驚くような額を飛びこえた。歴代の社長がみな営業部長出身という話を克明から聞かされ、涙が出るほど喜んだ。

「そろそろちゃんと家のことも考えなくちゃいけないよな」

思えば、克明が一番頼もしく感じられた時期だった。一度は遠ざかった「家を買う」という夢が、にわかに現実味を帯びた。四十歳を超えながら頭金はほとんどなかったが、当時はそれを当たり前だと思っていた。

玲子には新築への憧れが強かった。はじめは子どもたちのことを考え、同じ街での引っ越しを考えていたが、金銭的な問題からいつの間にか学区の外へ。それが川崎から相模原《さがみはら》、神奈川から埼玉へと、週を経るごとに物件見学の範囲は広がっていった。

それでも決断することはできなかった。ジリジリとしぶとく上がり続ける相場に苛立《いらだ》ちを募らせながらも、終《つい》の棲家《すみか》を決めるのは容易ではなかった。

その日は、冷たい雨が降っていた。予定していたモデルルームの見学を取りやめ、四人でのんびり過ごしていた日曜の昼さがり。バラエティ番組の一コーナーで、山を拓《ひら》いた新興住宅地〈コスモタウン三好〉の存在を知った。

二十型のブラウン管に映し出されたニュータウンは、希望の象徴のようだった。スペインの広場をモチーフにした周回道路には数千本のイチョウが植えられ、クリスマスが近づくとイルミネーションが灯《とも》るという。

切り拓かれた山の中にはスーパーも、学校も、診療所も、ちょっとしたレストランまで揃《そろ》っていて、駅から二十分おきに発車するシャトルバスは、区画が整い、世帯数が増え次第、五分に一本まで増やしていく予定という。

これが世田谷にでもあればいいんだけどな、というのが、玲子が真っ先に抱いた感想だった。

だが、都会育ちの玲子と違い、岐阜出身の克明はべつの思いを口にした。

「へぇ、これなら山にもすぐ遊びに行けるじゃん。会社だって乗り換えばっかりのいまより楽かもな。ねぇ、ここって高いのかな」

克明の言葉に、二人の子どもも顔をほころばせた。とくに小学校に入学する前だった次男の俊平《しゅんぺい》の興奮は異常なほどで、「カブトムシはいるかな？　クワガタは？　キリンさんは？ねぇ、天狗は？」と、覚えたての単語をまくし立てる。

調子に乗った克明が「いるぞー、なまはげだっているんだぞ！」と口にし、俊平は「やったー。なまはげさん！　なまはげさん！」と意味もわからず連呼し、もう四年生に上がっていた長男の浩介だけが「それは秋田」としらけた目をして言った。

翌週、「やっぱり田舎はイヤだな」と玲子は最後まで渋ったが、結局四人揃って現地の見学に行くことになった。

よく晴れた朝だった。案内された物件はなるほど、最大手の大松建設が施工に当たっただけあって、なかなか洗練されている。

だが、想像していたより少しだけ手狭な気がした。田舎暮らしをする以上、せめて子どもの成長にストレスを感じないくらいの広さが欲しかった。聞けば、予算も想定していたよりずっと高額であることが判明した。

なんとなく残念な気持ちもあったが、諦《あきら》めて、ご飯でも食べて帰ろうと思った。しかしそのとき、住宅会社の営業マンが「実は……」と切り出し、急遽《きゅうきょ》べつの物件を案内してくれることになった。すでに分譲を終えている区画に、最近になって一件キャンセルが出たのだという。

提示された価格の低さに一抹の不安を覚えたが、案内された家は先ほどの物件よりはるかに広く、間取りも好みに近かった。

子どもたちは早速部屋割りを巡って取っ組み合いのケンカを始め、克明の目も爛々《らんらん》と輝いていた。玲子は田舎ということが最後まで引っかかったが、案内された和室に雪見障子がはめ込まれていて、ここに友達を呼べたら楽しいだろうなどと想像した。

庭付きで、四十二坪の５ＬＤＫ。価格は定価から三割以上引かれて四千七百八十万円。たしかに格安ではあったが、金利まで含めれば支払総額は七千万円近くにまで跳ね上がる。

四十四歳で三十五年のローンを組めば、払い終えるのは七十九歳だ。なぜそんなローンが組めるのだろうかと、いまさらながらその仕組みを不思議に思った。いくら退職金で全額返済できるとはいえ、不安がないと言えば嘘になる。

それでも玲子たちはその日のうちに仮契約を済ませた。決め手となったのは、営業マンが紹介してくれた『ゆとり・ワン』というローンの返済プランだった。

住宅金融公庫をはじめ、当時は多くの金融機関で似たような住宅ローンを扱っていた。購入当初はきつくならない程度の返済額が組まれ、収入が上がっている六年目と十一年目に、額が上がるというシステムだ。

振り返れば笑止千万もいいとこだが、これなら返済に追われる心配はないという安心感があの頃はあった。

少なくとも克明の収入が落ちることはありえないし、自分もまたパートに出ればいい。そして克明が定年を迎えたら、退職金で残額を払いきり、残ったお金と年金でのんびりと老後を過ごそう。

家を買うときは勢いだよ。色々な人から聞いていた。それって、きっとこういうことなのだ。最後は確信に近かった。

真新しい屋根が陽《ひ》を受けて輝いていた。その先の真っ暗な宇宙まで透けて見えそうな、本当に青い空だった。陰鬱《いんうつ》な雨でも降っていてくれればいっそよかったのだ。そうすれば、街は印象をガラリと違え、購入にまで至らなかったかもしれないのに。

その後に起きたすべてのことを「バブルが弾《はじ》けて」という一言で片付けられるのが、どうしても許せない。

ケチの付き始めは、克明が自ら提案した同業社の買収工作に失敗したことだった。責任を取る形で子会社へ出向させられると、年収は六百万まで一気に落ち込み、想像していたよりはるかに少ない退職金を手に、早期退職。そして独立。

ローンを繰り上げるどころか、起こした会社の運転資金に退職金は吸い取られた。とはいえ事業が簡単に軌道に乗るはずもない。玲子もまた早急に働く必要に迫られたが、コスモタウン周辺に四十五歳を過ぎた女の職は見つからない。

そんな折、浩介が中学校でイジメを受けていることがわかり、自分の部屋に閉じこもるという出来事が起きた。

それ自体は決して長くは続かなかったが、結局地元の高校への進学は断念し、東京多摩地区の私立高への受験を余儀なくされた。

次男の俊平は近くの公立高に通ってくれたが、こちらは大学受験に失敗し、予備校に二年も行くことになった。なんとかすべり込んだ市谷にある大学には、できれば家から通ってほしかったが、本人は「ここからなんてありえないでしょ！」とにべもない。

克明の事業はあいかわらず一進一退を繰り返し、さすがに仕送りまではできないが、俊平はまだ三年生。学費地獄はあと二年も続くのだ。

家が広い上に、冬の寒さが厳しいコスモタウンの生活は、いまだに驚くほどの光熱費がかかる。サラリーマン生活を終えた途端、税金や税理士費用にも頭を悩ませなくてはいけなくなり、年金や保険料などは当然のように後回しになった。

六年目と十一年目に設定された『ゆとり・ワン』は、当初の十五万円が十九万円へ、そして二十五万円へと跳ね上がった。ただでさえ収入が減っていく中、返済は過酷を極めた。たび重なる滞納と、ひっきりなしの督促。〝ゆとり〟のカラクリに気づいたときにはすでに遅く、はじめて査定してもらったときには、家の価値はなんと二千五百万円を割っていた。

克明から生活費をもらえない月もたびたびあり、嫌悪していたはずのノンバンクのカードが財布の中に増えていった。スーパーのパートから始まった職は、八王子のコールセンターを経て、いつの頃からか墓石販売の営業に変わっていた。それでも目先の借金を返すのに精いっぱいで、生活費になんて回せない。

「ねぇ、もう限界だよ。お父さん」

何度か克明に泣きついたことがあった。その都度、克明は「俺だってしんどいんだ」と怒気をはらませて口にした。

「破産しよう」と一度だけ伝えたときの、夫の顔を忘れられない。

「お前は俺から仕事を奪うのか。俺に死ねっていうのか！」

広くて寒々しいだけの家に一人でいるときに、なぜかあの日の言葉がよみがえる。

ずっと地獄の中にいた。いや、今も地獄の中にいる。電車の窓に、憂鬱そうな自分の姿が映っている。六十年分の皺《しわ》をしっかり刻み込んだ顔が、恨めしそうにこちらをうかがっている。

三好からでは誰かに会うのも一苦労だ。仲の良い友人ともなかなか会えず、愛する息子たちは二人とも都内にいる。それなのに自分だけが誰も待たない家へ向かう。

私は必死に何を守っているのだろう――。

玲子は小さく首を振った。こんな生活、一体いつまで続けなければいけないのだろう？

3

夕暮れ時に飯田橋を出た電車は、多摩川を越えたあたりで完全に闇に包まれた。ようやく到着した三好駅は、飯田橋よりもさらに冷え込んでいる。

バブル崩壊後のコスモタウンは新たな施工も分譲も一向に進まず、いまだに二十分おきにしか出ないシャトルバスは瞬く間に満員に膨れあがる。

仕方なく十五分かけて丘を登った家で、まず石油ストーブに火を入れ、いつものように一合分だけ米を研いだ。ようやく上着を脱いで、ダイニングテーブルに腰を下ろすと、玲子はそのまま動けなくなった。

見るとはなしに届いていた郵便物の山をめくる。銀行からのものが三通に、信販会社からのものが四通。その他にも保険や電気、ガスの光熱費関係に、役所からは税金の督促状。〈親展〉〈重要〉〈至急〉と、封にはそれぞれ赤い判が押されている。大好きだった真っ赤なダウンコートを着られなくなったのは、この色のせいかとふと思う。そういえばあのコートもリボ払いで買ったものだった。

浩介からもらった型落ちのパソコンに電源を入れた。ジジリ、ジジリリという音が落ち着くのを待ち、〈お気に入り〉からレシピのページを選ぶ。夕飯のメニューをインターネットから拾うのが最近の習慣だ。

だが、作ろうと思っていたホワイトシチューも、克明の好きな水炊きも、今日はなぜかおいしそうに見えない。そもそも、昼から食べていないのにお腹がまったく減っていない。普通だったら……。亜希子に言われた一言がまだ心に残っている。

玲子は気づかないうちに、検索のページを開いていた。毎週木曜のパソコン教室のおかげで、調べ物くらいは一人でできる。

検索窓に〝物忘れ〟というキーワードを打ち込んだところで、ふと我に返った。無数の検索結果が画面に表示されている。イヤでも目に入る〝アルツハイマー〟や〝老人性認知症〟〝ボケ〟といった単語を避け、なるべく優しそうなページをクリックする。

内容は似たようなものだった。飛び込んできた（認知症を疑う前に）というコーナーに胸がざわつく。

出てきた二十個の〝Q&A〟に、覚悟を決めてチェックを入れる。
・最近、ちょっとした単語が出てこない……「YES」

・家族の中にアルツハイマーと診断された人がいる……「NO」
・物事の一部ではなく、全体を忘れる……「NO」
・今日の日にちと曜日がわからない……「NO」
・最近、やけに疲れやすい……「YES」
・鍋を火にかけたまま忘れることが多くなった……「NO」
・有名人の名前が出てこない……「YES」
・知人の名前が出てこない……「NO」
NO、YES、NO、YES、YES……。

最後に年齢と性別、そしてなぜか住所、氏名、電話番号といった個人情報まで打ち込まされたところで、ようやく〈診断結果を見てみましょう〉という項目が現れた。

〈「YES」に六つ該当するあなたは、認知症の可能性は低いものと思われます。ですが、油断は禁物。素人判断をせず、まずは最寄りの物忘れ外来を訪ねましょう。若菜玲子さんがお住まいの三好市にある評判の良い病院は――〉

玲子はたちまち安堵した。ほら、やっぱり。そんなことだと思ったんだと、つい気が大きくなったのがいけなかった。

調子に乗って次々と開いていったページには、玲子を憂鬱にさせる情報がいっぱい載っていた。その一つ一つに玲子は一喜一憂する。やっぱり自分はおかしいんじゃないだろうか……。いや、ただの老化現象だ……。そんな応酬を頭の中でし続けた。

「なんだ、お前いたのか」

突然の声に振り向くと、克明が立っていた。背広姿のまま老眼鏡をかけ、カウンターのスタンドの下で先ほどの封を開いている。帰宅後の日課だ。

克明は見るからに憮然《ぶぜん》としていた。ドキリとして、携帯電話に目を向ける。案の定、せき立てるように着信ランプが点滅している。『19時4分、三好』とだけ綴られたメールが一件、十九時五分から着信が四件入っていた。

「ごめんなさい。私も今日出かけてて」

玲子の言い訳をさえぎるように、克明はこれ見よがしに息を吐いた。

「また遊びに行ってたのか」

「またって、そんな言い方……」

ちょうど六十一歳の誕生日を迎えた、半年前、体力的にどうしてもきつくなり、玲子は墓石販売の仕事を辞めた。

克明も口では賛成してくれたが、その日以来、玲子が車で送り迎えするのを当然の義務だと思うようになった。「疲れてるんだ」と口にする回数が飛躍的に増え、苛立ちを露《あらわ》にすることも多くなった。

克明の考えはわかっている。本当はまだ玲子にも働いていてほしいのだ。毎月の支払いに追われながら、たしかに克明一人でよくやってくれている。次男の俊平が生まれた日から今日まで、泣いているのを見たことは一度もない。

それでも、今さら仕事なんて見つからないし、体力だって残っていない。気力が追いついてくれないのだ。

「いいや、メシにしよう」

ようやく郵便物の束に目を通し終え、克明は老眼鏡を取りながら言った。

「ごめん。まだ準備できてない。先にお風呂にして。すぐに沸かすから」

「なんだよ、メシも……」

「だからすぐにやりますから！」

克明は六人兄姉の末っ子だ。一つ上の兄とだって八つも離れている。誰からも愛されてきた人当たりの良さは、かつては自慢のタネだった。

出会ってしばらくは「ニコちゃん」などと呼んでいた。今でも克明は友だちや仕事の人、子どもたちの前でさえ、ニコニコと笑みを絶やさない。つまらなそうな表情をするのは、玲子の前だけと決まっている。最近はただ外面《そとづら》が良いだけのようにしか思えず、憎らしくも感じてしまう。

冷蔵庫の余り物で作った煮物も、汁物も、克明は本当にまずそうに口に運んだ。東京出身の玲子と、岐阜から出てきた克明は、もともと食事の趣味がまったく合わなかった。以前から味付けのことでケンカはしたが、最近はお互いかわいげがなくなった。

延々とテレビの音だけが響く、最悪の夕飯だった。大学を卒業した浩介がまず家からいなくなり、俊平は大学に合格したと同時に出ていった。ふとしたときに差し込まれるような寂しさに襲われる。大家族に憧れてしまうのはそんなときだ。

短い夕食を終えようとしていた頃、電話が鳴った。玲子には救いのベルだった。

「はい、若菜でございます」

『ああ、もしもし。俺だけど』

朴訥《ぼくとつ》とした声が返ってくる。一瞬、言葉に詰まる。

「どちら様？」

『どちら様って。ああ、オレオレ詐欺の対策か。うん、いい心がけ。浩介だけど』

浩介……。浩介……。頭の中で反芻《はんすう》する。

「ああ、なんだ。ごめん、浩ちゃんか。ビックリした」

『ビックリしたってなんだよ』

「いや、お母さんもちょうどあなたに電話しようと思ってたところだったから。どうかした？」

『ご飯中だった？』

「うん、いま終わったところ。どうしたの？」

浩介の様子はおかしかった。機嫌良さそうにしているわりには、何か言いにくそうに口ごもる。

『ええと、あのさ』

覚悟を決めたように、浩介は言った。

『報告すんの遅くなったけど、できてたんだ。俺たち、子ども』

「子ども？」

『うん、ちょっと前に検査してきてさ。もうすぐ三ヶ月。報告遅れてホントにごめん』

その瞬間、玲子は全身を粟立たせた。「ホントに!?」と、自分でもビックリするくらい大きな声を出していた。今日一日の様々な憂鬱が、一瞬にして吹っ飛んだ。

大学を卒業し、大手電機メーカーに就職した浩介が結婚したのは、二十四歳のときだった。当初、玲子はその結婚に手放しで賛成はしなかった。早すぎるというのが大きな理由だったが、それ以上に、浩介が連れてきた深雪《みゆき》のことがあまり好みではなかったのだ。

自分の背が低い分、玲子には昔からスタイルのいい女性への憧れがあった。その点、深雪はまるで若い頃の自分を見ているようだった。名前のように白すぎる肌は見る者に不健康な感じを与え、見た目の印象通り、快活なタイプとも言い難い。

克明はいつもの調子の良さですぐに深雪と親しくなったが、玲子は馴染《なじ》むまでに時間がかかった。やっと二人きりでしゃべれるようになったのは最近のことだ。それでもやっぱり気は遣う。仲良くしなきゃと思いすぎて、空回りすることも少なくない。

だけど、孫のこととなると話は別だ。家族が増えるのは何よりも嬉《うれ》しい。ミッコのフランス旅行も、亜希子のハワイの別荘もそれほど羨《うらや》ましいと思わないけれど、彼女たちを唯一羨《せん》望《ぼう》してしまうのは、孫が何人もいることだ。

一緒になんか住まなくて構わない。たまに帰ってきてくれるだけでいい。子どもたちがいて、かわいい孫がいて。二人きりじゃ広すぎるダイニングに笑いがあふれることが、今から楽しみで仕方がない。

どんな話をしたのかもほとんど覚えていなかった。浩介の話を、玲子はただ夢見心地で聞いていていた。

『……で、お母さんの用件って？　何かあるって言ってたけど』

一通り話し終え、浩介は訊《たず》ねてきた。本当は物忘れのことを相談したかったが、今はやめておこう。嬉しい出来事に水を差したくないし、克明に聞かれるのもはばかられる。

深雪の両親と食事会を開くという話を最後に聞いて、玲子は静かに受話器を置いた。耳に余韻が残っていた。

浮き立ったまま振り返る。克明はなぜか浮かない表情を浮かべていた。

「誰？」

「うん、浩介」

「浩介って……。そのわりにはお前、変なこと言ってなかったか」

「変なこと？」

「ああ。克明さんはまだ帰宅しておりませんって……。俺、帰ってきてるし、そもそも浩介だったんだろ？　克明さんって言い方はおかしいだろ」

「ヤダ、私そんなこと言ってた？　興奮して変なこと言っちゃったみたい。だって、聞いてよ。浩介のとこ、子どもができたんだって！　私、ホントに家族が増えるのが嬉しくて。ねぇ、お父さん。この家守ってきてよかったね。男の子かな、ねぇ、女の子？　私、今まで誰にも言ったことなかったけど、本当は女の子が欲しかったの。もちろん浩介も俊平もかわいかったけど、でも母親ってやっぱり娘に対する思い入れがあるものなのよ。浩介のところはどっちかな。女の子だったら嬉しいんだけど……」

　電話の内容は大体伝わっていたらしく、克明はとくに感動する様子を見せなかった。それどころか、なぜか怯《おび》えたような目を向けてきた。

　それは今日の昼間、亜希子たちが向けてきたのと同じ質のものだった。

「なんでそんな目で見るのよ」

　たまらなくなって、玲子は言った。

「そんな目で見ないでよ」

だが、しらじらと玲子の顔を眺め続けたあと、克明は吐き捨てるように言ったのだ。

「だって、お前が女の子欲しがってたことなんて、俺、知ってるよ。何年一緒にいると思ってるんだよ。知ってるに決まってるだろ」

またしても玲子の心に刃《やいば》が突き刺さった。今度は、三十五年もなんとか連れ添ってやってきた夫のかざしたものだった。

4

後から後から湧《わ》いてくる不安に駆られ、玲子はまったく寝つけなかった。克明を起こさないよう布団をはいで、仕方なくリビングに下りる。

窓辺に鉢が四つ並んでいる。グラプトベリア・ファンファーレ。近くの百円ショップで偶然目にした、それ自体が花の形をしたかわいい多肉植物だ。

直径十五センチほどの鉢を、最初は一つだけ買ってきた。なんとなく寂しい気がして、翌日にはさらに三つ買い足した。

温度変化の対応や根腐れ、虫がつきやすいなど、育てるのは決して楽じゃなかった。でも、植物たちは枯れそうでなかなか枯れなかった。パステル調の落ちついた緑が、いつも玲子の心をなごませてくれた。

深夜二時を回っていたが、無性に誰かの声を聞きたかった。こんな時間に電話できるのは一人しかいない。

充電器から携帯を取り、アドレス帳をさぐる。十回ほどのコール音のあと、ようやく電話はつながった。

「俊平？　ごめんね、遅くに。起きてた？」

『ええ、何だよ？　誰か死んだ？』

「ちょっと、縁起でもないこと言わないでよ。大丈夫？　電話切ろうか？」

『ああ、いいや。俺もちょうど電話しようと思ってたから』

浩介と違い、俊平の方は普段連絡など寄越さない。たまに電話してくるときは、用件は一つと決まっている。

ため息をつきながら、玲子は訊ねた。

「またお金？」

『それが今月マジでピンチでさ。ごめん、絶対に返すから一万円！　なんとかならない？』

「今月って、あなた毎月そんなこと言ってるじゃない」

『いやぁ、まぁそうなんだけどね。学生が一人で生きていくのって、これでなかなか大変なんだよ。こんな時代だしさ』

楽しげに笑う俊平とは対照的に、玲子はたまらない気持ちに駆られた。親の気も知らないで……という憤りもあったが、それ以上に、たった一万円もすぐになんとかしてやれない自分自身が歯痒《はがゆ》かった。

『なぁ、無理かな。明日にでも電気が止められちゃいそうなんだよね』

「だったら、帰ってくればいいじゃない」

『いや、試験も近いし。それに正直、帰る金ももうないんだ』

「もう、やめてよ」

俊平がいつも口にする「一般的な大学生」は、月に十万を超える仕送りを受け、しかも家賃は別で、アルバイトさえしていない人が多いのだそうだ。そういう話を聞かされるのは、自分が責められているようでつらくなる。

話しながら、玲子はノンバンクのカードのことを思っていた。支払いが滞り、ほとんどのカードが止められてしまっている中、一枚だけ、必死に返済を守ってきたものがある。その残高がまだ少しだけあるはずだ。

「本当に一万円だけだからね。これが最後よ。で、どうしようか。お母さんどうせ近々東京まで出なきゃならないから、どっかで会おうか」

ノンバンクから金を下ろすことさえ三好にいてはままならない。

『ホント？　じゃあ、明日でもいいかな？　俺学校あるから、市谷の方まで来てくれるとすごーく嬉しいんだけど』

「うん、べつにいいよ。お母さん、実は今日も行ってきたんだけど、飯田橋のお堀のとこにオシャレなカフェがあるの」

『ああ、バイザシーだろ』

「なんだ、知ってるの」

『俺だって一応若者だからね。うん、いいよ。じゃあ明日三時。バイザシー集合で』

「了解、三時に現地ね。ちゃんと勉強してくるのよ」

玲子は少し気が楽になって、電話を切った。物忘れについて、明日相談してみよう。きっと老化だと言って、俊平なら笑い飛ばしてくれるに違いない。

久しぶりに俊平と会えるのが嬉しくてならなかった。息子と会うことをこんなに楽しみに思うなんて、あの子はつくづく親不孝だ。

翌日、玲子は体調があまり優れなかった。だけど、お金を待っている俊平のために寝ているわけにはいかない。それに家にこもって鬱々としているよりも、たまには気晴らしに外に出た方がいいだろう。

本当に久しぶりの東京だ。いつぶりくらいになるだろう。いつも着ている真っ赤なダウンコートが見つからず、少し苛立ったが、なぜか押入れの深いところからようやく見つかり、玲子は家を出た。

電車に揺られている間、得体の知れぬ寒気に包まれた。なのに脂汗が滲み出て、風呂上がりのように頭がボーッとする。

途中、新宿で降りて、知っている人に絶対に見つからぬよう周囲を見渡してから、無人のキャッシュディスペンサーで金を下ろした。そして黄色いラインの電車に乗り換え、飯田橋の駅を出たところで、ふと気づいた。

ちょっと待ってよ。ヤダ……、私……。なんでこんなところにいるんだっけ……？　飯田橋って、どこ……？

腕時計の針は二時半を指している。自分が一体なんのために、この見知らぬ街にいるのか、見当もつかない。

行く当てもなく、ふらふらと街をさまよった。坂の途中のゲームセンターから若い男が出てきた。男は不意にこちらを向いた。切れ長の涼しい目、華奢《きゃしゃ》な身体《からだ》つきの男は、なぜか満面の笑みを浮かべて大きく手を振り上げる。

玲子はゾッとして、振り返ったが、応《こた》える者はいない。やっぱり男は自分に向けて手を振っているようだ。

スーツ姿の見知らぬ男が足早に近づいてくる。あたかも旧知の間柄のように、親しげな表情を浮かべながら。

今日もお気に入りの真っ赤なダウンコートを着ている。フカフカの羽毛が首もとまで包み隠して、決して寒いわけではない。それなのに、背中の震えが止まらない。

男はついに玲子の前で立ち止まった。無遠慮に顔を覗《のぞ》き込み、呆《ほう》けたように口を開く。

お父さん、浩ちゃん、俊平、助けてよ！

乾いた唇を懸命にこじ開けて、玲子はいよいよ叫ぼうとした。そのときだった。

「こんなところで何やってんの。オフクロ、大丈夫？」

今日もよく晴れている。いつか見た覚えのある、透き通るような、青い空——。呆然《ぼうぜん》とする玲子を尻目に、男がかけてきたのは、そんな突拍子もない言葉だった。

5

「それにしてもさっきのオフクロの顔ったらさ。ひどいよな、実の息子に対してあれはないって」

俊平はかれこれ五分近く笑い続けていた。はじめは一緒になって笑っていたが、こうもバカにされればいい加減腹が立つ。

「だから見間違いって言ってるじゃない。あんた、いくらなんでもしつこすぎよ」

「だって、マジですごい顔してたんだぜ。まるでこの世の終わりを迎えたヒロイン、って感じだった」

「何よ、それ」

俊平を認識できなかったのは、たしかに見間違いだった。見慣れないスーツを着込んだ俊平は、声を掛けられたあともしばらく誰かわからないほどだった。

いや、相手は他ならぬ我が子なのだ。見間違いなんてありうるのだろうか。不安はもちろんくすぶる。

しかし、カラリとした俊平の笑みに釣られ、次第に余裕が生まれてきた。昨夜《ゆうべ》、改めてインターネットを開いたのもよかったのかもしれない。

玲子の症状は、恐れていたアルツハイマーとは明らかに違った。家事は今まで通りできているし、お金の管理も問題ない。たしかにタレントの名前など出てこないことはあるが、そのことに対する自覚もある。健忘症でもっとも怖いのは、忘れているという自覚がないこと。

昨夜開いたほとんどのサイトにそうあった。

何より家族の顔が出てこないなんてありえないことなのだ。発症から十年過ぎた老人ならいざ知らず、そんな急激な悪化など絶対にありえない。

ようやく笑いが収まり、俊平は土手の方に目を向ける。大学の高層タワーを恨めしそうに眺めながら、「あの二十階の西側の窓三枚くらいは俺らの学費から出てるんだぜ」などと理屈っぽいことを言う。乱雑にタバコの封をちぎり、似合わない煙をくゆらせる。

「タバコ、ほどほどにしときなさい。いいことなんてないんだから」

改めて見ても、俊平はいつもと雰囲気が違った。そういえば、この子の背広姿を目にするのははじめてだ。律儀に家族と過ごした浩介とは違い、成人式の日も俊平は結局帰ってこなかった。

飄々《ひょうひょう》としていて、つかみどころがなく、ハッキリ言って俊平は変わり者だ。しかし、浩介が小さい頃から病気がちで、付きっきりでいる必要が多かった一方で、俊平はまったく手のかからない子だった。満面の笑みで玲子を勇気づけてくれたのは、決まって俊平の方だった。

「そういえばお兄ちゃんから連絡ってあった？」

玲子の何気ない一言に、俊平は目をパチクリさせる。

「兄貴から？　俺に？　あるわけないじゃん」

「お兄ちゃんのとこね、子どもできたんだって」

「はぁ、何が？」

「何がって、だから子ども」

「ええ、マジっすか？」

俊平は辟易《へきえき》したように声を上げる。

「なんかいよいよスゲーな、あの人。兄貴ってまだ二十七とかだろ？　やっぱあの深雪さんってのがやり手なんだよ。完全にコントロールされてんじゃん。とっとと結婚したがったのも深雪さんだし、子どもが欲しいって言い出したのもあの人の方だしさ」

「そうなの？」

「いや、知らないけど。でも兄貴見てたら一発で嫁さんの手のひらだってわかるよ」

「あんたいつもそんなこと言ってるわね。そんなことないでしょ。浩ちゃん、いつも偉そうにしてるじゃない」

「あんなの俺たちの前だけだって。二人のときは絶対キャラ違うぜ。まぁ、見てな。あの嫁さん、あっという間に会社辞めるから。早く子ども欲しかったのは大手を振って会社を辞めるためなんだから」

「そうなの？」

「だから知らないけどって言ってるじゃん」

「もう、あんたねぇ。好き勝手なことばかり言って」

玲子はため息を一つついて、話題を変えた。

「そんなことよりあなたの方はどうなのよ。就職活動、うまくいきそう？　非正規社員なんて許さないからね」

「非正規社員ってなんだよ」

「だから、フリーターっていうの？　安定せずにフラフラと」

「いや、それはわかってるけど。ああ、そうか。これのことか」

俊平は背広の襟もとをバタバタとはためかせた。

「悪いけど、これ就活とかじゃないから。俺、就職なんかしないからね」

「就職しないって、じゃあどうするつもりよ」

「それはまぁ色々考えてるけど。ただ、とりあえず就職して、出世して、ローンで家買って、色んなことを我慢してってさ。申し訳ないけど、そんな生き方俺にはできないよ。今の価観で一見正しそうな未来のために、今を我慢するなんて考えられない」

「ちょっと、もう。じゃあ、結婚はどうするの」

「今んとこするつもりないよ。自分のことだけでも必死だってのに、他の誰かを幸せにする自信なんてないもん。子どもでもできちゃったら考えるけどさ」

「もう、やめてよ。お願いだから、そんないまどきの若者みたいなこと言わないで」

玲子はたまらなくなって口にした。俊平が父である克明のことを指して言っているのだとしたら、半分は正しいのだろう。過去にあった価値観を正しいものと信じ込み、いま苦しんでいるのはまぎれもない事実だ。

だが、それ以上に人間が組織に属さずに生きることの難しさも、玲子と克明は胸が焼けこげそうなほど味わっている。

そんな玲子の反応を気にする素振りも見せず、俊平は首を振る。

「いやいや、今どきの若者って案外堅実なんだぜ。兄貴が典型じゃん。安定って価値観に反旗を翻したのは俺らの一つ上の世代だな。でも、ヤツらは見事に砕け散った。当時はカッコイイとされてたことかもしれないのに、ニートとか、廃人とか好き勝手レッテル貼られちゃった。結局、時代の感覚で生きてちゃいけないんだよ。その揺り戻しが来てる最近の安定しましょうって風潮だって、本当に正しいのかわからないじゃん。だったら自分で死ぬ気で判断しなきゃ。それこそ、死ぬときに後悔しないように」

言うだけ言って、俊平は新しいタバコに火をつけた。玲子にはやはり屁理屈にしか思えなかった。ただ自分の子どもたちには絶対に苦しんでほしくない。毎月決まった日にちゃんと給料をもらってほしい。

　家族を築いて、家を持って、将来、不安のない生活をしてほしい。そう願うことさえ、俊平は正しくないと言うのだろうか。古い価値観にしばられているだけと言うのか。

「このあとお通夜なんだよね」

　しばらくの沈黙のあと、俊平は言った。

「バイト先のマスターの親父さん。オフクロたちと同じ歳《とし》だって。ガンでずっと苦しんでたんだけど、マスターも結構落ちてててね」

「お通夜だったらダブルのスーツじゃなきゃダメじゃない」

　言いたいことも言えず、俊平の話に乗ってはみたものの、話題は行ったり来たりを繰り返した。結局、「礼服を買う金がない」というぃつもの愚痴にぶち当たり、玲子の気持ちを滅入らせる。

「そういえば、私も俊平に相談したいことがあったんだ」

　昨日、浩介には言えなかったことだ。不思議そうに首をひねる俊平に、勇気をふりしぼって伝える。

「お母さん、最近ちょっと物忘れがひどくてね。ボケとか、そういうんじゃないけど、一度病院に行こうかと思うんだ。できたら、俊平にもついてきてほしくて」

「物忘れ？」

「たまにね。そんなひどいもんじゃないんだけど。不安は不安で」

「まさか、さっきの見間違いもその一環だと？」

「わからないよ。わからないけど、不安でしょ。だから、一緒に……」

「いやいや。ちょっと待てよ、オフクロ」

俊平は大げさに吹き出した。

「じゃあ、何よ。俺は今ボケてる人と話をしてるってわけ？」

「そうは言ってないでしょ」

「ちょっと勘弁してよ。ボケるには早すぎだって。大体痴呆ってそういうもんじゃないだろ。状況を把握できないうちに少しずつボケていって、自分から病院行きたいとか絶対に言い出さないもんだって聞いたぜ」

「よく知ってるじゃない」

「二人の将来を憂えてネットで見たことがあるんだよ。いや、オフクロ今日はいつになくよくしゃべるし、むしろ元気そうで安心してたくらいなのに」

「やっぱりそうかな」

「ああ、断言するね。まあ、よっぽど心配なら日記でもつけてみなよ。一番の予防だっていうし。ただ、絶対にボケじゃないけどね」

俊平は決めつけるように言い放った。そうか、日記か、と思いながら、玲子の不安もするすると解消されていく。結局、そう言ってほしかっただけなのかもしれない。安心したいだけだった。俊平の言葉と笑顔には、いつもそれだけの力がある。

「俊平と浩介って性格が全然違うでしょ？」

なんとなく口をついて出た。自分の指先を見つめながら、玲子は続ける。

「〝家族〟がテーマだった小学生の頃の作文さ。あなたは『ぼくの家族』っていうタイトルで書いたんだ。覚えてない？」

怪訝そうに首を振る俊平を見やり、玲子は微笑んだ。

「あれ、浩介のは『ぼくたちの家族』だったんだよね。二人とも同じ三年生のときだったのに。ああ、お兄ちゃんと弟ってこういうふうに違うんだって、はじめて冷静に教えられた気がしたんだよね」

「なんだよ、それ。あわてて昔話持ち出してボケてませんアピールのつもりかよ」

「本当に大丈夫だよね」

改めて訊ねてみた。俊平は面倒くさそうにうなずいた。玲子にとってはどんな名医の言葉よりも心強い。

それから三十分ほどお茶をして、「そろそろ」と言い出した俊平の声を聞いて、玲子は席を立った。

「ああ、オフクロ」

レジに向かいかけた玲子を俊平が呼び止める。振り向くと、俊平はめずらしく何か言いにくそうにしている。見ると、人差し指で長方形の枠をかたどっている。

大丈夫、それは本当に忘れていただけだ。今日ここへ来た目的は、俊平にお金を渡すことだった。

6

ちょうど飯田橋のホームで電車を待っているとき、カバンの携帯が震えた。

『事務所デル。一緒に待ち合わせしますか』

日本語のおかしいタイトルだけのメール。本文には何もない。パソコンはおろか、克明はいまだに携帯も使いこなせない。

克明はサラリーマン時代の後輩と神田に事務所を借りている。玲子が東京に出るときは仕事を調整し、なるべく時間を合わせようとしてくれる。

メールで指示された通り、新宿駅の先頭付近で電車を待ち、大月行きの急行に乗り込んだ。

さらにその先頭近くに立っていた克明は、ずいぶん機嫌が良さそうに見えた。背筋もピンと伸び、いつもより大きく見える。垂れ目がちな二重瞼《ふたえまぶた》を細め、俊平のことをあれやこれやと訊《き》いてくる。

途中、八王子で降りて、買い物をしていきたいと申し出たときも、克明は面倒くさがる素振りを見せなかった。それどころか「たまにはメシでも食っていくか」と、思ってもみないことを言ってくる。

駅ビルの最上階に入っているレストランの中から、二人は中華を選んだ。食べ放題がウリの店らしかったが、克明はそれより千円高いコースを当然のように注文した。

「俺たち、そんなに量食べられないだろ」

言っていることはもっともだが、いくらなんでも景気が良すぎだ。

「どうしたの。いいことでもあった？」

さすがに怖くなって玲子が訊ねると、克明は誇らしげに目を細めた。

「まぁ、先月の売り掛けが入ってきたのもあるんだけどな。それよりこの一年タネまきしていた案件がどうやら実りそうなんだ。今日問い合わせがあって、かなり具体的なところまで話が進んだ」

「どんな内容?」

「環境系とヒーリング系のおもしろい音源を押さえててな。それを導入できないかって、結構大きなチェーンのスーパーから。関西を中心に全国に四十店舗くらいあるんだけど、まとまるなら一気に全店に導入したいって」

「この不景気にホントにそんないい話があるわけ?」

玲子はこの手の話をあまり信頼していない。過去に何度も期待しては、その都度煮え湯を飲まされてきたからだ。

だが、克明は平然としたものだった。

「逆なんだよ。この不況で逆に大手から乗り換えようって動きが強いんだ。代理店や有線を引き入れるより、うちは単価が安いから。その意味ではこれからどんどん告知していく必要があると思う。チャンスだよ」

克明は公私をハッキリと分けるタイプではない。最近でこそ玲子が拒み、仕事の話を聞く機会はめっきり減ったが、以前は良いことも悪いこともあけすけに報告してくる人だった。

心根が優しく、すぐに他人を信用して、自分の意思をあまり持たない。子どもたちの父親としては満点かもしれないけれど、ビジネスマンとしての克明は優しすぎる。そして、おそらく夫としても。「俺に任せとけ」という一言が、肝心なときにいつも聞けない。

「うまくいくといいね。とにかくがんばって稼いできて」

今度こそ、という言葉をギリギリのところでのみ込んで、玲子は言った。克明はビールを一息に飲み干し、深く息をはき出した。

「今回の件がうまくいったら、みんな連れてハワイでも行こうな」

「ちょっとそれは気が早すぎるよ。払わなきゃいけないお金だってあるんだよ」

いつまでも付き合ってはいられない。玲子は戒めるように言ったが、今日の克明はそんなことではへこたれない。

「大丈夫。きっとうまくいく。明日からまた勝負だ。独立して十年、やっとチャンスが巡ってきたんだ。がんばるよ」

玲子は小さくうなずいただけで、窓の外に目を向けた。越してきた当初は陰気くささばかり目についた八王子の夜景が揺れている。今日は不思議とキレイに見える。

「ねぇ、さっき言ってたハワイに連れていくみんなって誰のこと？」

デザートのマンゴープリンを食べながら、玲子は訊ねた。

「それは、俺とお前と、浩介と俊平だろ。とにかくみんなだよ。若菜家全員集合だ。もちろん深雪さんも」

「そういえば、深雪さんのご両親とお会いするの来週よね。何着てったらいいかしら。やっぱり緊張するな。あちらのお母さん、イマイチ何考えてるかわからないから」

克明は物思いに耽《ふけ》るように、宙に目をやっていた。

「そうか、新しく生まれてくる子も連れていかなきゃならないんだよな。子どもって飛行機代取られるんだったっけ？　となると、一、二、三、四……」

どうやら克明は本気でみんなをハワイに連れていくつもりのようだ。本当にそんな日が来るといいが、残念ながらいまの若菜家にはまだ夢物語にしか思えない。

それでも、玲子は再び夜景に視線を戻し、ビーチで遊ぶ家族の姿を想像した。想像の中で、克明が一番はしゃいでいた。

ホントにがんばってよね、お父さん――。

克明と同様、想像の中の玲子もすべての悩みから解き放たれたように、陰のない笑みを浮かべていた。

7

浩介夫婦と待ち合わせした高尾の駅は、もう冬の寒さだった。

「お母さん、こっち、こっち」

振り向くと浩介が大きく手を振っていた。克明ゆずりの長身に黒のロングコートが似合っている。真ん中分けの髪型は、もう十年以上変わっていない。

その半歩下がったところで、妻の深雪が控えめに腰を折っている。

「ちょっと、寒いからゆっくり来るように言ったでしょ。身体に障るじゃない」

約束の十七時までまだ三十分近くあった。身重の深雪を待たせてはならないと、余裕を持って家を出てきたのに、二人は頰を染めている。

「お義母《かあ》さん、ご無沙汰しています」

玲子たちのもとにゆっくり近づいてきて、深雪が頭を下げた。彼女と会うのはおよそ一年ぶりだ。浩介はたまに家へ寄ってくれるが、そんなときは決まって一人で、深雪と一緒に泊まりにきてくれたのは今年の正月が最後になる。

「深雪さん、おめでとうね。良かったね」

イヤミになることを恐れ、あえてご無沙汰とは返さなかった。深雪は目を細め、「ありがとうございます」と言うが、消え入りそうなほどか細い声は、語尾が風にかき消されて聞き取りづらい。

「いまは何より身体を大事にするのよ。浩介にいっぱい甘えたらいいし、一人で抱え込んじゃダメだからね」

今度ははにかむだけで、深雪は、ハイとも、イイエとも答えなかった。

玲子は一つ息を吐き、浩介を見やる。こういう意思表示のハッキリしないところが、関係が今一つ深まらない理由なのだ。「色々教えてください」の一言があれば、会話も弾み、打ち解けていくはずなのに。

見れば、深雪はずいぶんと薄着のようだった。ウールのセーターの上に別珍のジャケットを羽織ってはいるが、首もとは開いたままで、寒々しい印象を与える。

首のプラチナとダイヤのネックレスは、玲子が結婚記念にあげたものとは違っていた。悔しいが、プレゼントした鎖の細い18Kのものよりずっと高価そうに見える。大切にしていたネックレスをあげたとき、深雪は「嬉しいです」とはにかんだ。家では絶対に性格が違うという俊平の言葉が、なぜかこのタイミングでよみがえる。

浩介が予約した日本料理屋は、タクシーで数分のところにあった。前回、六本木のイタリアンで深雪の両親と会ったときは、本当にお金の回りがきつい時期で、先方に申し出られるがままごちそうになってしまった。

克明は気楽そうにしていたが、玲子はいまでもそのことが引っかかっている。わざわざ千葉から出向いてもらっていることもあり、さすがに今回はこちらが持とうと、インターネットでコース料金を調べておいたが、あまりの高さに驚いた。

浩介は「俺たちが出すから気にするな」と言ってくれたが、それではまずいのだ。お嫁さんや、その親御さんの前で浩介に払わせたら、結局こちらの立つ瀬がない。

念のためにノンバンクから金を下ろしてきてよかった。いまとなっては、八王子の中華代が恨めしい。

タクシーの中でも会話はあまり弾まなかった。話すことをあれこれと考えていたはずなのに、深雪の顔を見たら浮かばなくなった。車内はうすら寒いのに、全身が熱っぽい。なぜか頭もボーッとする。つい最近、同じような経験をした気がする。

渓流沿いに建つ個室に案内され、ほどなくして、深雪の両親が現れた。「このたびは」「このたびは」と、儀礼的な挨拶を交わし、浩介の音頭で乾杯したが、会話はあまり盛り上がらなかった。子どもはいつ生まれるのか、男の子だろうか、女の子だろうか。そんな話を繰り返しては、すぐに沈黙が訪れる。

川のせせらぎばかりが耳についた。有名自動車メーカーの管理職である深雪の父は、口もとにヒゲをたくわえ、風格を漂わせている。

趣味はゴルフで、休みの日は必ず外出するというアグレッシブさは、お金のあるときだけ釣りに出かける克明と対極にある。もっと言えば、深雪の父は克明を見下している節を感じさせる。当然、積極的に話しかけてくることもなければ、そもそも二人の間に共通した話題が見つからない。

母は母で、自分の意思など存在しないかのように、いつも夫の会話に耳を傾けている。触れたら折れそうな細さに、体内が透けて見えそうな白い肌。間違いなく深雪は母の血を継いでいる。何を考えているのかわからず、楽しいのか、つまらないのかの判断もつきにくい。

食事を終え、男性陣が日本酒を、女性陣はデザートを食べている間に、かろうじて保たれていた一体感は消えた。まず浩介と深雪の父親が互いの業界について話をしだすと、待ってましたとばかりに、今度は深雪と母がおしゃべりを始めた。

二人が会うのも久しぶりのことらしく、それまでの沈黙が嘘のように会話は続いた。初産で不安だということ、早めに里帰りしようと思っていること、今後気をつけなければならないこと、これから色々教えてほしいと思うこと。できれば玲子が聞きたかったセリフが、深雪の口から次々と飛び出す。

はじめは羨ましく思った。次に玲子はショックを受けた。深雪がこんなふうによくしゃべるのも、母親がきちんと諭すところもはじめて見た。よほど気が楽なのだろう。深雪はふとしたことにすぐ笑い、うなずき、玲子が見たことのない意思の宿った表情を浮かべている。

自分と十年前に他界した姑の関係性を考えれば、たしかに深雪の気持ちだってわからなくはない。でも、自分はもっと気を遣ったはずだった。少なくとも食事の席で義母を孤立させるようなことはしなかった。

克明は手酌で日本酒を酌み、ほんのり頬を染めている。玲子は一人取り残された気持ちになり、胸の辺りが締め付けられた。所在なく、とっくに空になったシャーベットの器をスプーンでつつく。乾いた音が鼓膜を打った。

部屋を飛び交うどこか現実味のない声に耳を傾けながら、しばらくの間、ボンヤリしていた。

「ねぇ」

遠くの方から声が聞こえた。

「ねぇ、お母さんってば」

声の主が浩介だと気づくのに、やけに時間がかかった。まるで深い眠りから覚めた瞬間のように、我に返る。

「なに、どうしたの？」

「どうしたのって、何さっきから一人でブツブツ言ってるんだよ。気味悪いな」

浩介は本当に怯えたような表情を浮かべていた。その顔が、なぜか玲子の心の深い部分に突き刺さる。

ゆっくりと頭に血が上っていくのを感じた。焦りに似た感情が胸の奥底を突っついた。そして、静かに血の気が引いていった。

「いや、ごめんね。違うのよ。ミチルさんはちょっと線が細いところがあるじゃない？　だからこれからいーっぱい食べてもらって、元気な女の子産んでもらわなきゃと思ってね。だから私、里芋の煮方を教えてあげようと思ってたところなの。里芋はほら、岐阜のおばあちゃんのところのね」

「いや、おい、ちょっと待ってくれよ」

せっかくミチルと話をしているのに、浩介が邪魔をする。嫁と姑が話しているときは、息子がしゃしゃり出てくるべきじゃないのに。

「何よ、怖い顔して」

「いや」

浩介は一瞬躊躇《ちゅうちょ》しかけたが、覚悟を決めたように口を開いた。

「ミチルさんって誰だよ？　里芋ってなんだよ？　なんで勝手に女の子だって決めつけてんだよ」

浩介は化け物でも見るような視線を投げかけてきた。いや、浩介だけじゃない。深雪も、克明も、見渡すと、呆気《あっけ》にとられたような冷たい目がぐるりと玲子を囲んでいた。

部屋にいる全員が同じような顔をしている。表情の意味がわからない。なんでみんな自分を見ているのだろう？　気に障ることでも言っただろうか？

　正体不明の浮遊感に身を包まれ、疎外感がじんわりと胸を貫いた。やっぱり最近似たような経験をしたことを覚えている。だが、それがいつ、どこで、誰といたときだったかまでは思い出せない。

　玲子は焦りを払拭《ふっしょく》しようと必死になった。いや、本当は口をつぐみたいと思っているのに、言葉が後から後からあふれ出た。

「私はみんなで仲良くしていたいだけなのよ」「深雪さんとも仲良くやりたいの」「だってその方が楽しいじゃない？」「いつの間にかみんなバラバラになっちゃうんだもん」「いつも一緒にいられないのはわかってるけどね」「子どもも生まれてくるんだし、たまにはみんなで集まろうよ」「年に何回かでもいいからさ」「またみんなで集まろう」……。

　場違いなことを言っているのはなんとなくわかっていた。なのに思いが言葉になった次の瞬間には、おかしいという感覚が失われている。

　自分以外の何者かに身体を乗っ取られたようだった。

「そうだ。私、深雪さんにあげようと思ってたものがあるんだ。18Kのネックレスなんだけどね。いや、そんなに高価なものじゃないのよ。でも、うちがホントに苦しいときに買っちゃったものなの。ほら、ストレスばっかりたまるでしょ。だからお給料のよかった月に、思い切ってね。お父さんには内緒にしといてね。また無駄遣いしてって怒られるから。大切にしていたものだから、できればずっと身につけておいてくれると嬉しいな」

言いながら、玲子はカバンの中を懸命にまさぐった。だが、探しても、探しても、なぜか入れておいたネックレスは見つからない。

「あれ、おかしいな。たしかに入れてきたはずなんだけど。あれ、あれ、あれ……」

言葉がとめどなくあふれた。カバンの底まで調べても見つからず、ポケットをまさぐろうとした玲子の腕を、突然、誰かがつかんだ。

見上げると、克明が悟ったように首を振っていた。不意に視界が滲む。自分がおかしいことだけは理解できた。でも、何がおかしいのかがどうしてもわからない。

あ、そうか。しばらくして思い至った。そういえば最近ちょっと物忘れが激しいのだ。生活に支障をきたすわけではないけれど、ちょっとだけ不安なんだ。でも、それはただの老化現象。怖がる必要なんて何もないはず……。

ちょうど仲居が時間であることを告げに来て、会は静かにお開きになった。

駅までの坂を下る途中、火照《ほて》った身体を風が撫でて、玲子は心地よさを感じた。それなのに三好に向かう電車の中で、克明はポツリとつぶやいた。

「明日、朝イチで病院に行こう」

なんで克明がそんなことを言うのか、玲子には理解できなかった。物忘れについて話したことがあっただろうか。記憶にない。俊平が克明に報告したのだろうか。絶対に心配ないなんて言っていたくせに、あの子ったら。

その夜、ゆっくりと風呂に浸《つ》かり、涼んでいるところに、浩介から電話が入った。浩介は怒ったように口にする。

『さっき俊平に電話して聞いた。なんで物忘れのこと俺には言わなかったんだ』

「だって、あなたには赤ちゃんのことがあったから。それにアルツハイマーなんかじゃないのよ。インターネットで調べてみても、老化って書いてあったし。心配することはないの」

『素人が勝手に決めつけるなよ。とにかく近々病院に行こう』

「うん、お父さんも同じこと言ってた。明日朝一番で行ってくる」

『わかった。俺も半休取ってそっち行くから。俊平にも声はかけておく』

「ちょっと、そんな大げさにしないでよ。怖くなるじゃない」

『怖くなるって、そんな。お母さん、今日のことも覚えてないの？』

「何言ってるのよ。覚えてるに決まってるじゃない」

玲子はさすがにムッとして、語気を強めた。覚えているに決まっている。高尾の料理店に集まって、子どもたちから妊娠の報告を受けたのだ。みんなで楽しく食事をして、克明と二人で帰ってきた。ちゃんと覚えている。そこまでバカにされたくない。

頭はこれ以上なくクリアだ。玲子は安堵して微笑《ほほえ》んだ。

8

翌朝、目を覚ましたときも、頭はスッキリしたままだった。昨夜、克明と帰ってきたことも、浩介と電話したことも、もちろんこれから病院に行くことも覚えている。

リビングに下りると、すでに克明はコーヒーをすすっていた。

「おはよう。ああ、ヤダなぁ。病院。憂鬱」

ふと壁に目を向けた。お気に入りの『真珠の耳飾りの少女』のパズルが、まばゆい朝の光にさらされている。

「まぁ、いいじゃないか。早いとこ行っちゃって安心しよう。顔色も悪くないし、心配することもないだろう」

いつも通りの朝だった。いや、克明がいつも通りでいられるよう気遣ってくれた。簡単な食事を終え、二階で支度をしているところに、浩介も帰ってきた。階下から「昨日あのあと大変だったよ」と嘆く声が聞こえてくる。

玲子が下りていくと、浩介は探るような目で見つめてきた。

「おはよう。体調は？」

玲子は首をすくめて明るく答える。

「うん、おはよう。とりあえずはいいみたい」

昨晩一度電話して以降、俊平はまた連絡がつかなくなったとのことだ。寂しくはあったが、さすが俊平という気持ちも少しあった。浩介のように会社を休んでついてこられるよりよほど気が楽だ。

準備を整えて、家を出た。秋になると必ずコスモタウンに充満する銀杏《ぎんなん》の香りが鼻をつく。突き抜けてしまいそうな空の青がまぶしい。

市内にある唯一の総合病院、三好市立中央病院に玲子が行くのははじめてだ。いつの頃からか病院に不安を抱くようになっていた。健康診断を長らく受けていないので、大きな病気に対する恐怖がある。万が一病気だったときの治療費を考えると憂鬱になる。

最悪の事態には備えているつもりだが、それだってどれくらい効力があるのかわからない。そもそも健康保険のお金だって克明が滞納していないとは限らない。

例によって、不安で胸が押し潰《つぶ》されそうになる。久しぶりのハンドルを握る克明に、思わず語りかけた。

「私の番が終わったら、今度はお父さんが健康診断受けようね。あなただって安心できた方がいいでしょう」

克明はフロントガラスから目を離さず、「そうだな」とつぶやいた。

かなり急な坂を上り、ようやく着いた駐車場から見上げた古めかしい病院は、昔実家の近所にあったサナトリウムを思わせた。

中に入って、玲子はさらに驚いた。見渡す限り老人しかいないのだ。診療時間より三十分も早く着いたというのに、脳神経外科の待合室にもすでに多くの患者がいた。一時間ほど待たされて、ようやく「若菜さん、若菜玲子さん、二番の部屋にどうぞ」というアナウンスが響いた。

玲子たちを出迎えたのは、白髪が頭を埋め尽くした初老の医師だった。うまく視点が合わないのか、玲子たちを一瞥《いちべつ》もせず、何度も老眼鏡をかけ直す。

医師はまだ何も書かれていないはずのカルテにしきりに目をやってから、「今日はどうしました？」と、表情を変えず訊ねてきた。

克明と浩介の顔を順に見渡し、二人がうなずくのを確認してから、玲子は言った。

「実は最近、ちょっとだけ物忘れをするみたいなんです」

「物忘れ」

「ちょっとした歌手の名前が出てこなかったり、食べ物とか、駅の名前が出てこないこともあります。たぶん老化だと思うんですけど」

「なるほど。歌手に、食べ物に、駅の名前ね」

医師は最後の言葉だけ復唱しなかった。浩介が何か付け足したそうにしたが、克明が首を振ってそれを許さない。

頭の痛みやしびれ、めまい、吐き気の有無について、淡々とした医師の問診が続いた。何を疑われているか知らないが、迂闊《うかつ》なことを答えて、おかしな診断をくだされてはたまらない。答えているうちに、どんどん語気が荒くなった。

「どれ、じゃあ、ちょっと診《み》せてもらっていいですか」

医師はおもむろに顔を玲子に近づけ、下瞼を無理やり引っ張った。白いペンライトが瞳に差し込んできて、一瞬、脳を引っつかまれたように目の前が揺れる。

「どうなんですか、先生。アルツハイマーとか、そういうのじゃないですよね？」

玲子はすがる気持ちで訊ねたが、医師は何も答えず、ＣＴ撮影を手配するよう看護師に命じた。看護師から部屋の場所と段取りを聞き、克明に付き添われて玲子は診察室を後にする。

撮影自体は五分ほどで終わった。しかし、そこからが地獄だった。結果が出るのを待っている間、側頭部がズキズキと痛みだした。いや、気のせいだ。玲子は必死に暗示をかける。

この瞬間まで痛みなんて感じなかった。気のせいに決まっている。

三十分後、先ほどとは異なり、今度は看護師が玲子たちを呼びに来た。再び足を踏み入れた診察室には異様な緊迫感が立ち込めている。

医師は相変わらずメガネを上げ下げしながら、入念に画像を見つめていた。戻ってきた玲子たちに気づくと、白い灯《あか》りの板に写真を差し込み、こちらを向く。

「説明の必要がある方はこれで全員ですね？」

玲子はしばらくボンヤリ考えた。いや、まだだ、と思った。まだ俊平が来ていない。

「いえ、先生、あの……」

その玲子の声をさえぎるように、「全員です」という克明の声が部屋に響く。振り向くと、克明は唇を嚙みしめ、なぜか目を潤ませていた。

玲子は力なくかぶりを振った。ねぇ、そんな顔しないでよ。私たちはただ安心しに来ただけなんだよ。小さな微笑みを作って克明に向ける。あなたは「ニコちゃん」でしょ。お父さんのそんな顔、見たくないよ。

医師は改めて輪切りになった脳の写真に目を向けた。そして、細長い銀の棒を写真の一点に伸ばした。

指し示されたのは、左の側頭部だった。

「ここに白い影があるの、わかりますか」

沈黙が流れた。克明と浩介は身を乗り出すようにして写真を覗き込む。玲子は深い沼に足を取られたように、身動きが取れなかった。

「確認できるだけで影は七つあります。小さいものまで含めれば、もっと多いかもしれません」

「つまり先生、どういう」と、浩介が声を上げる。

「申し訳ありませんが、いまは影が見えるとしか言えません」

気を取り直すように首を振り、医師は続けた。

「一つだけ言えるのは、健忘症の類《たぐい》とは異なっているということくらいです。一番大きい影でピンポン球ほどの大きさがあり、これが記憶系の神経を圧迫しているのでしょう。これだけ腫瘍《しゅよう》が大きいのになぜ今まで普通に生活できていたのか、むしろ不思議なくらいです。本来ならばもっと痛みを感じたり、なんらかの言語的な麻痺《まひ》が起きていてもおかしくないと思うのですが。これからのことですが、まず……」

その瞬間、玲子の口からすーっと息が漏れていった。

そして、信じられないほど力強い感情のうねりが、身体の、心の奥底からこみ上げてくるのを感じた。

「ああ……、うあああああああ……」

「どうした？　お母さん？」

浩介が身体を揺する。だが、感情の高ぶりは抑えられない。咆哮《ほうこう》が止まらない。

うああああああああああぁぁぁぁぁぁぁぁぁぁ！

声が出ているのか、心の中だけのことなのか、玲子は把握できなかった。

叫びたいだけ叫んで、呆然と振り向いた先に、克明の顔が揺れていた。なぜか揺れている克明の顔の前に、小さな家がポッカリと浮かんだ。

海に囲まれた、小さな島があった。その上に一棟だけあるこぢんまりした白い家。玲子がいて、克明がいて、浩介がいて、俊平がいる。

視線は夢の中のように自由に遠近感を変える。

見たことのない子どもたちが砂浜を駆け回っている。泣いている女の子を、二人の男の子たちが必死に守ろうとしている。

あの子たちはどこの子だろう？

女の子はどうして泣いているのだろう？

男の子たちは一体何から女の子を守ろうとしているのだろう？

浩介と、俊平が、仲良くビールを飲みながら、子どもたちの様子を見守っている。今まで見たことのないくつろいだ笑みを浮かべながら。

庭で克明が肉や魚を焼いている。とても静かな光景だ。穏やかな波が浜に打ち寄せ、その音が優しく玲子を包み込む。

克明がこっちを見ている。恐怖におののいた目で。これは、夢？　いや、違う。こっちの方が現実だ。そう。楽しいことばかりの、現実の世界。

その瞬間、玲子の目から涙がポロリとこぼれた。

いつかと同じように、何者かが身体の中に侵入してくる。抗《あらが》う力が、残っていない。

私は今どこにいるのだろう？　ねぇ、お父さん。みんなって誰のこと？　ヤダな、私。みんなに迷惑かけたくない。

やっと手に入れたと思った穏やかな青が散った。頭の中に、今にも吸い込まれてしまいそうな漆黒の闇が広がっている。

二章　兄の自覚

1

心を裂く雄叫《おたけ》びを上げた直後、母が壊れた――。

人間を支えている何かが一瞬にして欠落したように、母はその瞬間、これまでの母ではなくなった。

「これからのことですが、まず……」

無機質な蛍光灯の光に照らされながら、白髪の医師はわずかに語尾を強める。

若菜浩介は無意識のうちに視線を逸らした。母はなぜか笑っていた。自嘲《じちょう》する薄暗い笑みではなく、休日を楽しみにする少女のような微笑みだ。

突きつけられた状況に、母の様子は当然ミスマッチだった。浩介は自分がどんな感情を抱けばいいのか一瞬わからなくなる。

「もう少し詳しい検査をしたいので、もう一度CT室へ行ってもらえますか。今度は全身の写真を撮ってみましょう」

医師は立ち上がり、若い看護師に細かく指示を与えた。「それでは」と発した看護師の声にようやく我に返り、はじめて父の方に目をやった。

笑みを絶やさない母に父が肩を貸す。看護師に先導されて、二人は診察室を出ていった。

嵐が去った直後のように、部屋には乾いた空気が立ち込めていた。

「それで先生、実際のところはどうなんでしょう」

「この病院じゃ検査にも限界がありますがね。まぁ、どうぞ。こちらに座ってください」

医師は先ほどまで母が座っていた椅子を浩介に勧めた。眉間《みけん》に皺を寄せ、難解な数式を解析するような面持ちでカルテに目を落とす。

「申し上げました通り、CTにはかなり大きな影が無数に写っています。九分九厘、脳腫瘍と言って差し支えないと思いますが、問題はこれらの腫瘍が一体どこから来ているのかということです」

今度は一字一句聞き逃すまいと、浩介はメモ帳を取り出した。〈副院長・桂木郁郎〉というバッジがはじめて目に入り、浩介は最初に医師の名前を書き記す。

浩介とCT画像を交互に見やりながら、桂木という医師は説明を続けた。

「これだけの腫瘍がありながら、頭に痛みを感じなかったというのはやはり不思議な気がします。まだ想像の範囲ですが、おそらく脳の方は最近できたばかりのもの、つまり脳原発の腫瘍ではないのだろうと思われます」

「すみません。それは、つまりどういうことですか?」

浩介はメモを取る手を止めて訊いた。

桂木はそれには答えず、母がタバコを吸うのか、普段胃や腸を痛がるかなど、矢継ぎ早に質問してくる。

浩介はすがるような思いで、それらを否定していった。しかし、医師は申し訳なさそうに息をつくだけだ。

「おそらく肺や腸を原発とする転移性の脳腫瘍で間違いないでしょう。もしそうだとすれば、脳の腫瘍の数や大きさからいって、すでにかなり進行しているものと推測されます。数日のうちに多くの記憶を失い始め、失語という症状が現れるかもしれません。てんかん発作の可能性もあるので、その点にも留意する必要があります。いずれにせよ今日中に入院してもらうことになります。あとで看護師の方からも説明させますが……」

黙っていたら話を打ち切られてしまいそうな気がして、浩介はあわてて口をはさんだ。

「ちょっと待ってください。では結局、母はどういった状態なんですか? 余命いくらかとか、そういうわけじゃないんですよね？　治療すれば治るんですよね？」

医師は答えにくそうとも、面倒くさそうとも取れる表情で一度だけ天を仰ぎ、ゆっくりと首を振った。

「余命、という言葉を好む医者はいないと思いますが、おそらくは数週間、当面は一週間とか、そうした期間が一つの山になってくると思います」

「一週間？」

再び沈黙が訪れた。

「とにかく全身のＣＴが出てくるまではそれ以上のことは申せません。明日の午前中にお呼びいたしますので、ナースセンターを訪ねてください。いまやってもらっている検査の結果をお知らせいたします。大変申し訳ないのですが、これから県の学会がありましてね。今日はもうこっちに戻ってこられないんですよ」

後半の言葉はほとんど耳に入ってこなかった。ただ一週間という言葉が、浩介の頭の中で延々と反響していた。

呆然としたまま、診察室を後にした。ＣＴ室前のソファに腰を下ろし、メモを眺める。

「のうしゅよう」という文字が、自らアピールするように、浩介の視線を捉えて放さない。

数分後、検査室から出てきた母はかなり疲れた様子だった。得体の知れない笑みはすでに消えていたが、降りかかってきた状況にはあいかわらずついていけていないようだ。

「では若菜さん、今度は血圧と体温を測りますのでこちらへ来ていただけますか」

一緒についていこうとする父を、浩介は呼び止めた。同時に振り返った母と看護師に目配せして、「後から行くよ」と小さく言う。

浩介のただならぬ気配を悟り、父は唇を嚙んだ。

「先生、なんだって?」

「まだ詳しくはわからないっていうんだけど」

一瞬ためらったが、隠すわけにもいかないと口を開いた。

「この一週間が山だって」

「一週間って、何がだ?」

「脳に腫瘍があって、たぶんそれは内臓のどこかから転移したものだろうって。いま撮ったCTが明日出てくるから、まずはその結果を待って……」

「いや、違う。そんなこと訊いていない」

父は強い調子で浩介の言葉をさえぎった。かぶりを振り、冷静になろうと努めるが、逸《はや》る言葉は止まらない。

「そんなことじゃない。そんなことを訊きたいんじゃないんだ。一週間というのは何の単位だと訊いているんだ」

　問いかけてくる父の瞳は、しかしかすかに潤んでいた。祖母や祖父を失ったときも、仲の良かった叔父を亡くしたときも決して涙を見せなかった人である。

　生まれてはじめて見る父の赤い目に、浩介も改めて一週間という単位の意味を把握した。

「だって、ちょっと物忘れがあっただけだろ？　今朝だって普通にしていたんだぞ。アルツハイマーだって言われるのならまだしも、なんで急に一週間なんて言葉が出てくるんだよ。おかしいだろ」

　父はガリガリと指のささくれをかじった。語気は強く、認めまいとする思いは痛いほど理解できたが、こんな結果を予想していた節もうかがわせた。

「とにかく今は結果を待つしかないんだよ、お父さん」

　浩介がそう言ったとき、処置室の扉が開いた。

「本当にお世話になりました」と、部屋の中に向けて慇懃《いんぎん》に頭を下げ、浩介たちを振り向くと、母はおどけた表情を浮かべた。

「迷惑かけてごめんね。どうしてこんなことになっちゃったんだろう」

「そんなこと気にしなくていいから。とりあえず一度、昼メシ食べに家に帰ろう」

　母の目に生気はなかった。視点も行ったり来たりし、一向に定まらない。

「なんか不思議なんだよねぇ。だって、お父さんの検査をしにここに来たはずでしょ。なのにどうして私が検査を受けてるわけ？　なんで私が病院にいるのよ。浩ちゃん、わかる？　お母さん、全然わからないよ」

思わず父と目を見合わせた。これから始まる一週間のことが脳裏を巡った。

そのゴールがどこにあるのか。先ほどの医師の言葉もよみがえり、浩介に明るい答えは思い浮かばなかった。

2

車を家の車庫に停めると、浩介はまず電話をかけた。しかし、何度コールしても俊平は電話に出なかった。逆の立場なら一日中携帯を握りしめていると思うのに。

「大変なことになった。とにかく大至急連絡しろ」

吐き捨てるように留守電に吹き込み、次に深雪に電話をする。仕事中だというのに、深雪の方は数度のコールで電話に出た。

声の向こうから鉄火場のような雰囲気が伝わった。深雪は浩介と同じ電機メーカーの「ユーザー窓口」で、アルバイトを統括する仕事をしている。

統括といえば聞こえはいいが、要はバイト社員では手に負えない苦情に応対することがメインの仕事だ。顧客に対するマニュアルが細分化されていくのに比例し、クレーマーの質も年々ひどくなっている。電話を受けるだけでも精神的なダメージは相当のものだ。当然、妊婦にふさわしい仕事とは思えない。

浩介はすぐにでも退職してもらいたかったし、深雪も早く辞めたいと口癖のように言っている。だが、産休、育休を取りきるまでは絶対に辞めないのだと、先日、彼女は宣言するように口にした。勤続五年が一区切りといわれる退職金にも差があるのだそうだ。

深雪は席を外し、一分ほどどして電話をかけ直してきた。浩介が受けると同時に『どうだった、お義母《かあ》さん』と状況を訊ねてくる。

浩介の声が不意にかすれた。張りつめていた糸が一気に緩んでいく感覚に見舞われる。

「ガンだったよ。脳腫瘍らしい」

『腫瘍？』

「うん。たぶん身体のどこかから転移したものだろうって。詳しい結果はまだなんだけど、これから一週間が山だって言われたよ」

『そう。だから高尾であんな』

それ以上の声は聞こえてこなかった。やけに長く感じられた沈黙を破って、深雪は静かに続けた。

『ごめん、浩ちゃん。深雪、もう席に戻らなきゃ』

深雪は浩介の前でだけ、自分のことを「深雪」という。会社で電話するときは、いつも気を遣って「私」というのに。きっと動揺しているのだろう。

「ああ、そうだな。ごめんな。忙しいときに」

涙がこぼれそうになったが、なんとか踏みとどまれた。深雪にだけは自分の弱さを見せたくない。いかなることがあっても、自分が彼女の支えにならなきゃいけないのだ。身重であることを考えれば尚さらだ。

浩介はそのまま電話を切ろうとしたが、不意に深雪の声が携帯を伝わった。

『ごめんね。こんなときに言うのもなんだけど、こんな時期だし、深雪、今回はあまり力にはなれないと思う』

一瞬呆気にとられかけたが、すぐに妊娠を指してのことだと思い至る。

「わかってる。俺たちにとっても大切な時期なんだ。とにかく深雪は丈夫な子を産むことだけに専念してくれ」

『うん、ごめんね。そっちの家族には、浩ちゃんからよろしく言っておいて』

浩介はどこか釈然としない気持ちを抱いたが、最後の深雪の声を聞いて、違和感は吹き飛んだ。

『お義母さんにもしものことがあったら、そのときはもちろん深雪も行くから。浩ちゃんもあまり無理しないでね』

自分が最後に何を言ったか認識できないまま、電話を切った。待ち受け画面に深雪とのツーショットが映し出される。

浩介は力強く首を振った。自分がしっかりしていなければならないのだ。待ち受け画面がスリーショットの写真に変わるのは、来年の春のことだ。

母は庭の縁側で陽に当たっていた。そこだけを切り取れば、これ以上なく平和な光景に見える。

断ち切るようにダイニングに腰を下ろし、以前、自分が譲ってあげたノートパソコンを立ち上げる。

ジリ、ジリリと、なかなか起動しない時間が苛立たしかった。起動するのを待つ間、会社に連絡を入れ、携帯に転送されてくるメールの返事を書いた。それでもまだパソコンは立ち上がっていない。母は毎回こんな面倒に耐えているのか。今度、新しいのを買ってあげよう。

そんなことを思ったが、すぐに考えの甘さに気がついた。母のいる若菜家に〝今度〟はないかもしれないのだ。

ようやくネットにつながると、浩介はすぐに検索窓に〈脳腫瘍〉と打ち込んだ。いくつか細かいタイプはあるようだが、おおまかに分ければ、たしかに「原発性」のものと他部からの「転移性」のものの二つに区分できるようだ。

それぞれの特性を調べたが、どちらにも希望の種は見いだせなかった。それどころかピンポン球レベルの腫瘍など、かなり異常な状態であるということがわかり、気が滅入る一方だ。桂木郁郎という医師がこの辺りではそこそこ力があることを知り、母の状態における平均的な予後がどれほど短いかもわかった。

今後の治療法や、奇跡的に回復した体験談、果ては終末医療やホスピスなどについてまで調べ上げ、再び最初の検索結果に戻る。そのとき、浩介の目はある項目で釘付けになった。見覚えのないページが赤く反転しているのだ。つまり母の閲覧履歴が残っている。

ふと縁側に目を向けた。母はノートを広げ、必死に何か書いていた。見えているあの頭の中で、今もいくつものガン細胞が増殖を繰り返しているのだろうか。

改めてブラウザの履歴ボタンをクリックする。以前、母が入れたのであろうキーワードとともに、検索結果を示すページが開いた。その窓には〈痴呆症〉＋〈格安〉＋〈老人ホーム〉などとある。

うんざりしながら他のページに目を移す。今度は〈認知症〉＋〈家族〉＋〈迷惑〉と打ち込まれたページが展開され、そのほとんどのリンクが赤く反転していた。

浩介はいたたまれなくなって、パソコンを閉じた。冷蔵庫からお茶を二つ取り出し、庭に出て、母の隣に腰を下ろす。

「何を書いているの？」

浩介に一瞥もくれず、母はノートを隠すようにしながらペンを動かし続けた。

「ボケ防止には日記をつけるのが一番なんだって。だから日記を書いてるの」

「そうか。今日は暖かいね。病気に挑む初日としてはいい天気なんじゃない？」

見上げた空には雲一つ浮かんでいない。絵の具で塗りつぶしたような青色が広がっている。

ようやく手を止めて、母も同じように空を眺めた。

「ねぇ、知ってる？　空は海の青を反射させた色なんだよ。だから、たとえみんながどこにいたって、お日様の出ている時間だけはみんな海に囲まれてるんだよ」

もちろんよく知っている。小さい頃、寝る前にいつも母が聞かせてくれた話だ。のちに太陽光と大気の関係によるものだと知ったが、そんなことはどうでも良かった。自然の大きな力が感じられて、幼い頃の浩介が何よりも好きな話だった。

母ははじめてこちらに顔を向け、ゆっくりと口を開いた。

「ねぇ、私ってガンなの？　ガンなんだよね？」

ドキリとした。どう答えればいいものか、すぐには判断がつかなかった。

「なんで急にそんなことを言うんだよ。これから検査するんじゃないか」

「私、最近物忘れがひどくてね。生活に支障をきたすわけじゃないんだけど、一度検査してもらおうと思っててね」

母の異常な言動にはもう驚かない。ただ自分がしっかりするだけだと、浩介は拳を強く握りしめた。

3

母の希望で昼食を中華にして、再び病院を訪ねると、先ほどとは違う看護師が病室に案内してくれた。

最上階の角部屋だった。途中、覗いた部屋はどこも満床だったのに、なぜか与えられた病室には老女が一人いるだけだ。

「こんな部屋、いいんですか？」

他に四つも空いたベッドを眺めながら、浩介は訊ねた。看護師は「今後のこともありますからね」と、曖昧《あいまい》なことを溌剌《はつらつ》と言った。

深い山に囲まれた三好の街が窓の外に広がっている。蛍光灯がじりじりと音を立てる病棟の雰囲気と相まって、普段の母なら絶対に拒絶する陰気くさい環境だ。それなのに、本人はすぐに寝息を立て始めた。

「お昼は摂《と》られてきましたか？」

看護師が点滴の準備をしながら訊ねてくる。

「それはなんの薬ですか？」

うなずきながら、浩介は逆に質問した。腫瘍に効果のある薬などある気がしない。

「ああ、これはグリセオールとステロイド剤ですね。一時的ではありますが、ガン細胞を小さくする効果が期待できるんです」

看護師の言葉に肝を冷やす。「私って、ガンなの？」と言ったときの、母の顔を思い出した。いまの母の物事を把握する力がどれほどかわからないが、基本的にはネガティブな思考の持ち主だ。一つがダメだと、次のことも必ずマイナスに作用する。

今後、病気のことを訊ねられたらどう答えればいいのだろう。〝告知〟という、昨日までは縁のなかった言葉がいきなり目の前に横たわった。

母は夕方になるまで眠り続けた。ようやく目を覚ましたときには、窓の外にポツポツと灯りが揺れていた。

「ねぇ、俊平は？」

眠りから覚めた母はとても穏やかだった。病気であることが嘘のように、それまで一言も口を利いていなかった父と浩介を勇気づける。

「さっき連絡があって、もうすぐ着くって言ってたよ」

父が答えると、「早く来ないかな」と言って、母は待ち遠しそうに窓の外に顔を向けた。

母は再び眠りに落ちた。浩介は「何かあったら」と、当番の看護師に携帯電話の番号を記したメモを渡し、食事に出ることに決めた。父は残ると言い張ったが、「お父さんにまで倒れられたら迷惑なんだ」と説得し、なんとか外に連れ出した。

食べたいものも見つからないまま、結局昼と同じ中華料理店の戸を開いた。他に客のいない薄汚れた壁のホールで、やはり昼と同じアルバイトの店員は、遠慮なく迷惑そうな顔を向けてくる。

席につくと携帯が鳴った。俊平が駅に着いたとふて腐《くさ》れたように言う。いつもの中華料理店に来るよう伝えていると、店員が足早に浩介のもとに近づいてきた。

「お客様、店内での携帯電話は」

改めて見渡しても、他に客なんか一人もいない。ついカッとなって、何か言い返そうと思ったが、父が先に声を荒らげた。

「迷惑をかける客がどこにいるんだ！　少しは融通利かせろよ！」

浩介にとっては数年ぶりの父の怒声だった。本当はすぐに出ていきたかったが、二人ともそんな気力が残っていない。気まずいと思いながらも、何事もなかったようにビールとつまみを注文する。

瓶ビールとグラスが三つ届いたとき、オレンジ色のサッカージャージにジーンズという出立ちの俊平が店に入ってきた。外は冷え込んできたらしく、鼻先をほんのりと赤く染めている。

「とりあえず、明日の結果を祈ろう。そして俺たちが倒れてしまわないように、体調管理はしっかりしよう」

浩介の音頭で乾杯したが、男三人のテーブルに会話はなかった。俊平は病状を訊ねてくるわけでもなく、仏頂面でメニューに目を通している。父はビールを水のように流し込みながら、「やっと楽させてやれると思ったのに。これからじゃないか」と、うわごとのように繰り返した。

母の口ぐせではないが、お通夜のような夕食だった。俊平が一通り注文したメニューは当の本人しか手をつけない。

「おいおい、体調管理しようって言ったばかりじゃねぇか。二人ともちゃんと食えよな」

俊平は挑むように言ってきたが、言い返す力はなかった。

テーブルの料理の湯気がほとんど消えかけた頃、再び浩介の携帯が鳴った。「病院だ」と言い残し、浩介は、今度は店を出て電話を受ける。

「若菜です。すみません、何かありましたか?」

冷たい風が身体を横切っていった。電話の向こうで、先ほどの看護師が慌てたように声を上げた。

『息子さん、申し訳ありません。ちょっと若菜さんが大変なんです。至急、こちらに戻っていただけませんか?』

状況がつかめず、何が起きているのか訊ねようと思った矢先、絶叫する母の声が聞こえてきた。

『私を帰らせてよ! なんでこんなところに閉じこめるの! 家に帰らせて! お願いだから私を捨てないで!』

若菜さん、若菜さん! 懸命になだめようとする病院スタッフの声も聞こえてくる。

「すみません。すぐに戻ります」

電話を切ったと同時に、父と俊平も店から出てきた。何か問うわけでもなく、父は病院に向かって歩きだす。

　その背中を追って病院の坂を上っているとき、俊平がはじめて声をかけてきた。

「なぁ、兄貴。今日深雪さんは？」

「ん？　ああ、俺の判断で東京のマンションに待機させている」

　べつにやましいことなどなかったが、なんとなく口をついて出た。

「なんでだよ、こんなときに。家族の一大事なんだろ？」

　俊平は小馬鹿にしたように鼻で笑う。はぁ、と息を吐いてから、浩介は俊平の方を向き返った。

「聞いてるだろうけど、深雪は身重なんだよ。ストレスをかけて万が一のことがあったら悲しむのはお母さんだろ」

　俊平は意に介した素振りを見せず、「ふーん、そんなもんかね。せめて家にくらい来てればいいのに」と、見透かしたようなことを口にした。

　またしばらく無言で歩き、ようやく病院の駐車場に入ったとき、再び俊平の声が耳を打った。

「あとさ、言いにくいんだけど、金は大丈夫なの？」

「金？」

「うん、俺は保険のこととかイマイチわからないけど、万が一手術にでもなったら結構かかるもんなんでしょ。オヤジが持ってるとは思えないし、ま、そこは頼れる兄貴がなんとかしてくれるんだろうけど」

「いや、ちょっと待てよ。そんなの俺だって……」

動揺した浩介の言葉を、今度は弾けるような声がかき消した。

「あ、オフクロだ！」

俊平が見上げた方を目で追った。瞬間、全身がゾワッと粟立った。

ほとんどの窓のカーテンがきちんと閉じられている病棟で、一つだけ、中の光が漏れている部屋がある。最上階の角部屋だ。背後に蛍光灯の光を受けた母の影が、ボンヤリと浩介たちを見下ろしている。

父は悲鳴のような声を小さく上げて、そのまま病院の深夜出入り口に向けて走りだした。父を追って部屋に駆け込むと、母は何事もないようにベッドでテレビを眺めていた。浩介たちの姿を確認すると、はじめて出くわしたとでも言いたげな表情を浮かべる。何人もの人間を同時に相手にしているような錯覚に襲われた。

三人を順に追っていった感情のない目が、最後、俊平のところで止まった。

「ああ、俊平。やっと来たね。あなた遅いのよ。この親不孝もの」

俊平は拍子抜けしたように肩をすくめた。たしかに正気を取り戻したような言葉ではあったが、浩介はもう安心する気にはなれなかった。

案の定、母の口から再びおかしな言葉が飛び出してくる。

「ねぇ、俊平。タバコちょうだいよ。どっかに吸えるところくらいあるでしょう。タバコ、タバコ。タバコ行こう」

うんざりする思いを抱きながら、この場をとりあえず二人に預け、浩介は事情を訊くためにナースセンターに向かおうとした。「なんで隠すのよ！　あなたがタバコやめたなんて嘘でしょう！」という金切り声が追ってくる。

その瞬間、浩介の胸を孤独に似た感情が射抜いた。山間《やまあい》の、夜の病院にいるという物理的な要因から来るものではない。もっと根幹的な、自分だけが世界から隔離されてしまったような孤立感だ。

脳裏を過《よ》ぎったのは中学生の頃のことだった。クラスメイト全員から突然無視され、部屋に閉じこもったとき、両親はしきりに心配し、まだなついていた俊平もあの手この手を使って浩介を外に出そうとした。

しかし、そうした干渉はただただ煩わしいだけで、当時の浩介にはなんの救いにもならなかった。むしろ、自分は家族にしか相手にされないという八つ当たりに近い衝動に駆られ、絶望を覚えた。

家族のありがたみなんて少しも感じなかった。家族といることで感じる孤独もあるのだとはじめて知った。その夜のことが、前触れもなく脳裏をかすめた。

久しぶりに四人揃った家族だというのに、ここにいる一体誰が、家族のために救いになり得ているのだろう。

ナースセンターから戻ると、三人は照明の落ちたエレベーター前の待合室にいた。母を真ん中にはさんで、脇を父と俊平が固めている。取り押さえられたように肩を落としている母は、やつれた老人のようだ。

「今日は色々と疲れただろう。あまり無理しないで、早く寝た方がいい」

半分は願望を込めて言った。母は不意を衝《つ》かれたように顔を上げ、浩介の目を凝視する。

しばらくの間視線を交わしたあと、母はかすれる小声で訊ねてきた。

「どちら様？」

全員がハッと息を呑むのがわかった。さすがの俊平も慌てたように口をはさむ。

「おいおい！　何言ってんだよ、オフクロ。兄貴じゃねぇか。さすがにそれはシャレにならねぇって」

しかし、母は諭そうとした俊平のこともまじまじと見つめ、「あなたは？」と問う。俊平は吹き出して、「俺もかよ⁉　俊平、俊平！」と、おどけた調子で口にした。

それを見て、浩介は呆然としながらも、心の奥深くで自分が溜飲を下げていることを自覚した。最悪の感情だと理解しながらも、自分だけが忘れられたわけじゃないのだという安心感が湧いた。

母は激しく混乱し始めた。何か言おうとしては口をつぐみ、必死に考える素振りを見せては、また口を開こうとする。

しばらく思案する仕草を見せたあと、母は再び浩介を凝視した。

「あなたが私の息子って、本当？　あなたはモリガミヤソキチじゃないの？　ええ、なんで？　私わからない。あなたが息子なの？」

今度は何を言い出したのか見当もつかなかったし、知りたいとも思わなかった。のべつまくなしにまくし立てる母を、浩介は黙って見つめる。相手にするだけ無駄なのだ。人間の記憶とはこんなにも儚《はかな》いものなのか。目の前にいる母は、すでに家族の知っている母じゃない。

何がきっかけになったか知らないが、母は再び堰《せき》を切ったようにしゃべり続けた。両親と早くに別れた自身の幼少期のことから始まり、次第に大家族への憧れ、家のローンの過酷さ、そして将来住みたい家のことへと変わっていく。

話は堂々巡りし、三十分ほど時間が過ぎた。

「わかったよ。病気が治ったら海の見えるところに引っ越そう。そこでみんなで暮らそうよ」

いい加減我慢できなくなり、母の気を鎮めるためだけに、嘘をついた。

「本当？　嬉しいなぁ。ああ、でもダメなんだ。三好の家のローンがまだいっぱい残ってるから」

「大丈夫だよ。俺とお父さんで、三好のローンはもう払い終わった」

「ええ、本当？　いつ？」

さすがの母も目を白黒させる。

「昨日だよ。お母さんが寝ている間にね。全部振り込んできたから、もう安心して」

「ええ、知らなかったなぁ。だって、すごいお金が残ってたんだよ」

「大丈夫。俺たちの給料をつぎ込んでさ。銀行にお願いしたらなんとかなったよ」

後から後から言葉があふれた。記憶が戻ったあとのことなんかに意識は回らない。ただ、この場をやり過ごすことに必死だった。

「そうかぁ。嬉しいなぁ。海のそばの家、嬉しいなぁ。ずっと私の夢だったんだ。家が一つだけあってね、浜辺で子どもたちが遊んでて。そんなに大きな家じゃなくていいのよ。ただ、みんなが戻ってきたくなるような……」

正しいことをしている自信なんてなかった。だが、絶対にありえない嘘を聞くたび、母は本当に嬉しそうに顔をほころばせた。

だけど、笑顔は長く続かない。新しい家はこんな間取りにしたい、こんなキッチンが夢なのだと事細かく口にしては、すぐに前言を忘れ、再び幼少期のつらい話に、そして早く三好を出て行きたいという話に舞い戻る。

母の話はいつ終わるともなく続いた。どれくらいの時間が過ぎたのか。気づいたときには、話題は父のことへと変わっていた。

「ねぇ、ここにお父さんがいないから言うけどね」

そんな前置きから始まった父の話は、罵詈雑言《ばりぞうごん》の雨嵐だった。ニコニコと罪のない笑みを浮かべて、隣に座る父などいないかのようにボロクソに言い放つ。

「お父さんはお金を稼いできてくれなかった」「私の友だちはみんな幸せそうなのに」「田舎に家を買うと言い出したのはお父さんの方だ」「それなのに、私に働くことを強要する」「おばあちゃんに叱られたとき、お父さんは結局守ってくれなかった」「お父さんは私を対等だと思いすぎているの」「一家の長として、みんなを引っ張ろうとしてくれない」「お金を稼いできてくれない」……。

聞いたことのある愚痴もあれば、はじめて知る不満もあった。見ると、父はドラマの登場人物のように肩を震わせていた。止めなければいい加減かわいそうと何度も思った。だがそのたびに、母もまた踏みとどまるように目を細め、こんなことを言うのである。

「でもね、私はお父さんのことが大好きなの。あの人と一緒になれて本当に良かった。浩介と俊平っていう二人の子宝に恵まれましてね。私は、生まれ変わってもニコちゃんと一緒になりたいんです」

父に対する母の言葉は聞いているだけで胃が痛くなるほどなのに、ギリギリのところで絞り出される声は、また父を愛しているとも繰り返す。

「スゲー。良かったなぁ、オヤジ。これは完全に心の声だぜ！」

俊平は腹を抱えて囃《はや》したてた。浩介には正直言ってよくわからなかった。昔から理想の夫婦などとよく言われていた二人だ。実年齢より若く見え、どこに出ても社交的に振る舞える。浩介自身、小さい頃は友人たちを親に会わせるのが楽しみだった。

だが、いまの浩介にはどうしても二人が理想的な夫婦とは思えない。「お父さんは対等と思いすぎ」という母の言葉は、浩介が父に長年抱き続けていた思いを代弁していた。

父が独立して三年くらい経った頃、古くから知る仕事上のパートナーとの間で、トラブルが起きた。父が新規営業して切り開き、パートナーが管理していた取引先からの入金が一週間も遅れているというのである。

調べてみると、取引先からの入金はとっくに済んでおり、パートナーから父への振り込みがされていないことが発覚した。そしてパートナーとはちょうど一週間、連絡が取れなくなっていた。

かつての同僚というパートナーには、以前から金にまつわる悪い噂が絶えなかったという。それを知っていた母は「できれば手を切って」と何度も懇願したそうだ。だが、元来が人の好《い》い父は聞く耳を持たず、逆に「あいつはそんなだいそれたタマじゃない。仕事のことには口出しするな」と説教じみたことまで言ったという。

ならばトラブルの件だって隠しておけばいいものを、生活費が足りないことを責めたてられた父は、ご丁寧にも母に事の顚末《てんまつ》を説明した。入金をあてにしていた母は泣きながら「お願いだから取り返してきて」とうなだれた。

浩介が知ったのは、母が聞かされたのと同じ日の夕方だった。大学から帰るとなぜか家にいた父に呼ばれ、トラブルの件のあと、こんなことを告げられた。

「いまからそいつのところに行こうと思う。悪いが、お前も来てくれないか」

自分が行って何をすればいいかわからなかったが、なぜかイヤとは言えなかった。相模原のパートナーの家へ向かう途中、父は何度も携帯を取った。だが、呼び出し音は鳴るものの、相手は一向に出ない。

「いまから自宅に向かいます。お前が出てくれないなら、もう奥さんに話を聞いてもらおうと思います」

何度目かの電話で父は留守電に吹き込んだ。

どうせ無駄と思いながら国道の雑多なネオンに目を向けていた。するとものの五分もしないうちに、相手の方から電話があった。

『何なんだ、お前は！　俺が持ち逃げしたようなこと言いやがって。ちょっと手違いがあっただけだ。家族は関係ないだろう！』

まくし立てる男の声が漏れ聞こえた。父は車を路肩に寄せ、相手をなだめようと必死になる。

「わかった。それはよくわかったから、佐藤。その金がなかったら、俺はもう破産しなきゃならないんだ。今回のことは水に流すから。頼むからすぐに振り込んでくれよ」

父が佐藤と呼んだ男は、なおも電話の向こうで吠《ほ》え続けた。ちょっと手違いがあっただけだ。なのにお前は俺を脅すのか。そんなヤツと仕事はできない。まずは謝れ。俺を疑ったことを謝れ。謝れ。謝れ……。

ふと見ると、父はガリガリとささくれを嚙んでいた。追い詰められると現れる癖だと知ったのは、そして父が家族に対して無防備すぎると感じたのは、このときだった。

放っておけば本当に謝り出しそうで、それだけは絶対に阻止しなければならなくて、浩介は強引に携帯を奪い取った。

「とりあえず、金は絶対に明日までに振り込んでください。でなければ、僕たちも本気で次の手を考えます」

佐藤という男は虚を衝かれたように絶句した。

『だ、誰だ、お前は』

「若菜の息子です」

その言葉をどう受け取ったか知らないが、佐藤は息を吹き返した。無礼だ、失礼だとわめき立てて、法的にどうこうと言い訳を並べ立てる。

ジワリ、ジワリと胸を何かが浸食していった。自覚した次の瞬間には、自分でも驚くほどの怒声が車の中に響き渡った。半分以上は、父に対する怒りだった。

「うるさい！　とにかく明日中に振り込め！　じゃなかったら、俺たちはどんな手を使ってでもお前を追い込むからな。あんたの家族を泣かせてでも追い込んでやる。あんたみたいなヤツのために、俺たちは絶対に泣き寝入りしない。絶対だ！」

勢いに任せて電話を切って、はじめて手が震えていることに気がついた。携帯を受け取った父は言いにくそうに、「あいつんとこも大変なんだ。景気のいい頃に銀行に乗せられて、でっかい家建てて、でもその直後にバブルが弾けて……」などと話し始めた。その一切に、興味がなかった。

「うちのオヤジってスゲー平成的だよな。いつだって家族の方を向いてやがる」

いつか俊平が言っていたのを覚えている。その言葉には同意したが、どこかポジティブに口にする俊平とは違い、浩介はネガティブなものとして受け止めた。

友人たちの父親のように、家庭を顧みずに外で戦うことになんて憧れはない。だが、すでに家庭を築いた多くの友人のように、外で戦うことを早々に諦め、家族とだけ向き合う姿が理想だとも思えない。父は、父の世代にはめずらしく、完全に後者だった。俊平はそれを「平成的」と表現した。

休日は家族のために時間を割き、平日も早く帰宅して自分たちと遊んでくれた。抱えている問題をあけすけに公表し、子どもの意見を尊重した。

そんな姿は、端から見れば素晴らしい父だったに違いない。いや、実際に理想の父であったと思う。たった一つの点を除けば、この父に対して不満を言うのはあまりに酷だ。

でも、自分たちは決して気を許し合った友人同士ではない。何もかもさらすことが美しいわけではない。たとえ生活が苦しくても、それを見せないのが父親の役割ではないのか。弱さを見せないのが最低限のルールのはずだ。

神経質そうに父はささくれを噛み続けた。その様子を睨《にら》みつけながら、浩介は心の中で叫んでいた。

4

トイレに行きたいと言い出した母に、俊平が付き添った。二人がいなくなると、途端にシンと張りつめた静寂に包まれる。

「俺も会ったことないけどな。森上八十吉《もりがみやそきち》って、お母さんが九つのときに夜逃げしたお前たちのじいさんのことだ」

なぜか懺悔《ざんげ》するような口調で、父は切り出した。

「アメリカ製の飲料の輸入を中心に手広くやっていたらしいんだけど、先物に手を出したらしくてな。ドロンしてからはお母さんもかなり苦労したらしい。彼女の裕福な生活に対する渇望って、そんなところからきているのかもな。通っていた私立の学校を追い出されて、亜希子さんたちとも何年も会えなかったそうだよ」

いつも高そうな服に身を包んだ母の友人が脳裏をかすめる。浩介には、母の求める生活水準が高いのは、付き合う友人のレベルが高すぎるからという思いがある。さすがにあの時代に私立に通うだけのことはあり、友人はみな父親がメーカーの創業者だったり、著名な音楽家であったりして、それぞれ婿養子をとっている。

「彼女たちと再会できて本当に良かったって、お母さんいつか言ってたな。そういえばタバコを吸い始めたのも亜希子さんたちとのイタズラからだったらしい」

「やっぱりタバコ吸ってたんだ、お母さん」

「あれ、知らなかったか？　かなりヘビースモーカーだったんだぞ。お前を妊娠する直前にやめたんだ。よくやめられたものだと今でも思うよ」

あの母がタバコなんて、と昨日までの自分なら驚いたに違いない。だが、今は何の感情も湧いてこない。俊平が「心の声」と言った通り、病気以後の母の言葉には飾りがない。

再び静寂が訪れた。それを吹っ切るように、浩介は口を開いた。

「悪いけどさ、お父さん。俺は今日家で休ませてもらうから。明日は仕事に行くつもりだし、お母さんのそばにはお父さんがいてやって」

父はすぐに不安げな表情を覗かせた。

「俊平は？」

「連れて帰るよ。あいつも大学だろうし、一度、二人で話したいんだ」

あえて冷たく突き放した。甘えてもらっては困るのだ。父親として、夫として、今こそ踏ん張ってもらわなければ。

トイレから戻った俊平を、父は恨めしそうに見上げた。だけど、状況がわからず首をかしげる俊平を見て、「わかった」とつぶやいた。

母におやすみと握手して、浩介は俊平と連れだって外に出た。俊平と二人きりになるなんて何年ぶりのことだろう。

「お父さんには長い夜になるだろうな」

沈黙が怖かったわけではないが、浩介の方から口を開いた。

そんな浩介を無視して、俊平は屈託のない笑みを浮かべた。

「なぁ、兄貴。すげぇかわいかったと思わない？」

「かわいかったって、何が？」

「今日のオフクロ。濁ってないっていうかさ。俺、みんながこれくらい純粋に生きられたら世界から戦争はなくなるんじゃないかとか思ったよ。こうしたらこうだっていう無駄な先入観がなくてさ。思い込みがなくて。赤ちゃんみたいでさ」

それに答えず、浩介は俊平をマネて空を見た。そこだけは無条件に誇れる三好の夜空に、重い雲が垂れこめている。星は一つも見えない。

何の気なしに時計を眺める。まだ十時半を少し回ったばかりだ。

「お父さんには長い夜になるだろうな」

浩介はまたつぶやいた。白い息が目の前でふわりと揺れた。

5

一時、二時、三時と、きっかり一時間ごとに父から電話が鳴った。

起きてたか？　と切り出された最初の電話は、与えられた黄色い簡易ベッドが寝にくいという愚痴。二度目は改めて母の病気について問うもので、今回は『お母さんがタバコを欲しがってる。あげてもいいかな』という用件だった。

深夜のうらぶれた病院で、父が震えながら携帯を持つ姿が想像できた。同情する気持ちはたしかにあったが、それをはるかに凌駕《りょうが》して煩わしい思いに駆られる。

明日は重要なアポが入っている。自分だって少しは寝ておきたいのに、ウトウトしかけるたびに電話のベルに起こされる。

『なぁ、浩介。悪いんだが出社前に一度……』

「わかった。明け方には様子見にいく。だから、少し寝かせて」

語気を強めて電話を切って、携帯のアラームをセットし直した。布団にくるまり、深く息を吸い込む。心身ともくたびれているはずなのに、血の巡りは速くなる一方だ。

そうこうしているうちに、今日に限っては不快なだけの鳥のさえずりが聞こえた。カーテンの隙間《すきま》から陽が漏れ、容赦ない電子音が鳴り響く。

浩介は一秒でその音を消した。手にした物体が絶望をもたらすための機械に見えて、力一杯叩きつけたい衝動が芽生える。

うんざりしながらスヌーズを解除していると、いつの間に受信していたのか、メールが一件届いていた。〝golden-yuka＠――〟と表示されたアドレスに見覚えはない。

浩介は決して友だちの多い方ではない。女性の友人など皆無といっていい。〝ユカ〟と記されたアドレスを見ても、しばらくピンとこなかった。

『最近どう？　今日またメンドーなオヤジにつかまっちゃってさ。グチりたくなっちゃった。夜中にごめんよ』

文末の〝message from アリス〟という雑多な絵文字つきの署名を見て、ようやく相手を認識した。「たまには若いヤツを遊ばせてやらなきゃな」と、恩着せがましい口調の上司に連れていかれた、銀座のクラブのホステスだ。

浩介にとってははじめての夜の銀座だったが、浮き立つ気持ちにはならなかった。どんな場所でも輝かしい時代を回顧するだけの上司から、得られるものなど何もない。深雪の妊娠がわかった直後でもあり、内心しらけまくっていた。

むしろ新橋に近い古めかしい雑居ビルにその店はあった。部長は古くからの馴染みのようで、和服のママは、「もう、課長。全然来てくれないんだもん」と堂々と間違ったことを口走る。

クラブとはいえ、所詮《しょせん》は一介のメーカー社員が飲みに来られるレベルだ。ついた女性も取り立てて美人というわけではない。それなりに着飾ってはいるものの、その服は安っぽく、薄明かりの中でも肌が疲れているのが見て取れた。

チェーンの居酒屋にいるときと変わらぬ部長の話に相づちを打っていた。すると、それまで退屈そうにナプキンをいじっていた隣の女が「すいませーん。私もタバコ吸っていいですか？」となれなれしく訊ねてきた。

私も、という言葉に釈然としない思いを抱きつつも、指摘するのも面倒で、浩介は適当に首をかしげた。女は悟る様子も見せず、早速煙をくゆらせる。

「お客さん、まだ若いですよね。いくつですか？」

女は極端に和風な顔立ちのくせに、恥ずかしげもなく「アリス」と名乗った。疲れた横顔を覗き見ながら「二十七だけど」と答えると、アリスは楽しげに「だけど、何？　私も同じ。二十七歳ですけど」と口にする。

それをきっかけに、アリスは隙を見ては浩介に話しかけてきた。二匹のトイプードルを飼っていることや、毎日の美容院代がバカにならないこと、お姉さんたちが優しすぎてなかなか辞められないことなど、なぜこんなものがステータスなのかと笑えてくる話を延々と続けた。

相づちを打つ相手が代わっただけで、退屈であることに変わりなかった。ただ、利害関係がない分、部長のものよりはマシだった。

「こんな仕事してて言うのもなんだけどね。私どうもオジサンが苦手でさ。兄さんみたいな若い人、この店じゃ珍しいし」

帰り際、アリスは携帯のアドレスと番号を記した名刺を渡してきた。刺すような強い視線に負けて、浩介も仕方なく濡《ぬ》れたコースターに名前とアドレスを書いて渡した。

それが一月前の出来事だ。以来、アリスからメールが送られてきたことはないし、今に至るまで浩介は彼女が〝ユカ〟であることも知らなかった。

意図はよくわからなかったが、いずれにせよ返信しようとは思わない。直面している状況にも、窓から差し込む光にも、メールの内容は完全にミスマッチだ。

ベッドから這《は》い出て、俊平の部屋の戸を開いた。もわっとした熱気に身を包まれる。エアコンだけでなく、電気も、テレビもつけっぱなしのままだ。

ガマン大会のためにしつらえられたような部屋で、俊平は熟睡していた。何度か頭を叩いてみるが微動だにしない。ずっと昔、母が「本当に俊平は起きてくれない！」と声高《こわだか》に嘆いていたのを思い出す。

かなり力を込めて頬を張って、俊平はようやく目を覚ました。深夜にあった父からの電話の内容を伝え、一緒に来るよう言う。俊平はいつものしらけた表情を取り戻し、「タバコくらい吸わせてやりゃいいのに」と当てつけのようにつぶやいた。どうせもうすぐ死ぬんだから、という言葉が続いていたら、容赦なく張り倒したところだ。

凍えるほど寒い朝だった。途中、コンビニで四人分の朝食を調達し、深夜口から病院に入る。やけに時間のかかるエレベーターを降りると、正面のホールに二人はいた。

安堵してうなだれる父とは対照的に、母は底抜けの笑みを浮かべている。浩介たちの姿を確認すると、さらに大きく破顔した。

「あ、おはよう！　浩ちゃん、俊平！」

はるか遠くから呼びかけるような大声に、俊平は「声でけーよ！」と、こちらも場所をわきまえず吹き出した。

「おはよう、お母さん。調子は？」

浩介はひとまず自分たちを認識できることに安堵する。が、それもつかの間、母はさらに白い歯を覗かせ、「私、一晩考えたんだけどね。葉山の方に白くて小さな家を建てようと思うんだ」と、例の話をし始めた。

　俊平が微笑みながら母の肩に手を置く。

「おい、オフクロ。いい加減しっかりしろって。兄貴の子ども抱くんだろ？　おばあちゃんになるんだろうが。しっかりしろよ」

　俊平は何の気なしに言ったはずだ。なのに母はいきなり正気を取り戻したように、二度、三度と強くうなずいた。

「そうなんだよね。病気なんかに負けちゃダメだ。赤ちゃん抱かなきゃ」

　その声には、人間としての意思がちゃんと宿っていて、浩介は息をのみ込んだ。父も、俊平も驚いたように目を見張る。

　母は何度となくうなずき、その都度浩介たちに希望を抱かせた。しかし、そんな期待を弄《もてあそ》ぶかのように、しばらくするとまた視点はボヤけたものになっていく。

「でね、私ずっと考えてたんだけど、白い家を海の近くに……」

「いや、それはわかったから。孫抱くんだろ」

「そう、赤ちゃん抱くの。それで、三好の家のことなんだけどね……」

　俊平の言う「孫」という単語に対してだけ、母は正常に反応した。そして必死に何かを取り戻そうとするのだが、正気の芽はすぐにどす黒い病魔の渦にのみ込まれる。

何度か同じような問答を繰り返し、先に諦めたのは俊平の方だった。

「もう、いいや。じゃあ、屋上でその白い家とやらの話をしようか。タバコでも吸いに行くか、オフクロ」

一瞬キョトンとしたが、母は「うん！」と少女のような笑みを浮かべた。そんな二人のやりとりに浩介は啞然とする。早速立ち上がろうとした母に、今度は目の下に冗談みたいなクマを作った父が当然のように肩を貸す。

「タバコって……。ちょっと、待てよ。何勝手なマネしてんだよ、お前ら」

思わず声が漏れた。

「はぁ？　お前らって、誰？　俺ら？」

おちょくったようにおどける俊平に、浩介はたまらずにじり寄った。だが、俊平の肩を小突いた瞬間、背後から切り裂くような声が轟いた。

「ちょっと、やめてよ！　なんであなたはいつも私の邪魔するのよ！　母親だから、母親だからって、なんでも決めつけてさ。私のやることに全部反対して。もう、イヤだ！　たまには私の好きにさせてよ！」

しばらくの静寂のあと、おそるおそる振り返った。母は浩介だけを見つめ、クスクスと笑っていた。

父が申し訳なさそうにつぶやいた。

「すまんな、浩介。だけど、もう俺もお母さんの好きにさせてやりたい。一晩、一緒に過ごして色々な願い事を聞いたんだ。すぐには叶えてやれないことも多いんだが、せめてしてやれることくらいは、な」

そう言い残し、父は母をかつぐようにして屋上への階段を上っていった。浩介はあいかわらず呆然としながら、仲良く肩を寄せ合う三人を目で追った。

父の口にした「もう」という言葉が頭から離れなかった。もうやるべきことはやったということなのか。それとも、もう諦めてしまったのだろうか。

もちろん、浩介だってやりたいことをやらせてあげたいに決まっている。でも、それは命がつながった上でのことだ。

昨日、脳腫瘍と診断され、内臓からの転移の可能性を指摘された。なのに本人が望むからという理由だけで、父は、弟は、当然のように母にタバコを吸わせようとしている。それをおかしいと思う、自分の方がおかしいのだろうか。

浩介は力なく首を振った。その場をやりすごすためだけなら甘えでしかない。母に対してのものではなく、自分たち自身に対する甘えだ。

浩介は唇を噛みしめた。その目には屋上に消えていった三人が狂っているとしか映らなかった。

6

長旅から戻ったような気持ちでマンションの戸を開く。深雪は笑顔で迎えてくれた。

「おかえりなさい。ホントにおつかれさま」

柔らかい笑みに引き込まれ、一瞬気が緩みそうになる。ギリギリのところで弱音は吐くまいと踏みとどまった。

深雪は小ぎれいな半纏《はんてん》をまとっていた。

「寒いの？　身体は大丈夫？」

「うん、深雪は平気。それよりそっちは？　会社、大丈夫だった？」

「ああ、うちの部長って義理事にうるさい人だろ。家族の一大事ならそっちの方を優先しろって言ってくれたよ」

「そう、ならよかった。それで、お義母《かあ》さんの具合は？」

「ああ、お母さんは……」

そう言われてはじめて、深雪が先に会社のことを訊ねてきたのに気がついた。かすかに膨らんだお腹を見つめながら、何を説明すべきか思案する。

「結局まだ詳しいことはわからないんだ。会社行く前に先生の話を聞いたんだけど、とりあえず肺や大腸にそれらしい影は見当たらないって。というよりも、あの病院の設備じゃ限界があるって言うんだよね」

深雪は眉間に皺を寄せたが、それ以上の説明は難しかった。浩介自身、医師の話を完全には理解できなかったのだ。いや、医師さえも説明するのに苦しむ様子がうかがえた。

「百パーセントじゃないけど、転移性より脳原発の可能性が高まったって。だけど、それだとなぜ今まで症状がなかったか不思議とも言うんだ。決して完璧な診断結果ではないって何度も強調されて、だけど今の段階では他にそれらしい影は見つからないって」

「検査が完全じゃないなんてことあるんだね」

「田舎の病院だからね。詳しく調べられる機械がないとも言ってた」

「じゃあ、これからどうするの？　セカンドオピニオンが必要ってこと？」

「いつかは転院させたいけど、今はまだお母さんをこっちに連れてこられる状態じゃないから。しばらくは向こうの病院で様子を見てもらおうと思ってる」

「そっか。そんなにダメなんだね、お義母さん」

深雪の声にどこか突き放すニュアンスを感じ取った。父を認識できないことや、浩介を忘れてしまったことをさらせば、きっと気味悪がるに違いない。一昨夜の、食事会での憂鬱な気持ちがよみがえり、浩介は顔をしかめる。

高尾からの電車の中だった。「ねぇ、ミチルさんって誰？」という一言から始まり、両親に対する深雪の不満は爆発した。「お義母さんってちょっとイヤミなとこあるよね」「言いたいことあるならハッキリ言えばいいのに」「あからさまにあんな態度取って、うちの親に悪いと思わないのかな」「食事代を出すのはいつもうちのお父さんなのに」「せっかく祝いの席だったのに」……。

薄い笑みを絶やさず、深雪は母を責め続けた。むろん病気とわかる前のことではある。でも、浩介はかねてから深雪が両親に不満を抱いているのを知っていた。

きっかけは、結婚を決めた頃のことだ。一人娘の婚約に際し、どうしても結納をしたいと主張した深雪の父親に、浩介は一人で出向いて頭を下げた。最低百万円が相場だという結納金を、どうしたって若菜家で用意できるわけがなかったからだ。

深雪はそのこと自体は責めなかった。むしろ自分で立て替えようなどと考えず、良い判断だったと褒めてくれた。

失敗だったのは、一連の出来事を父に報告しておかなかったことだ。次に深雪を連れて両親と食事をした日、ほろ酔いの父は不用意にもこんな言葉を口にした。

「そういえば、お前たち結納はしないんだよな。最近の若い連中はいいよな。たしかにあんなもん無駄でしかないもんな」

父に他意は一切なかった。二人に媚《こ》びた口調でさえあったと思う。ただ、結果的に先方の父親を非難したようになってしまい、深雪の心をざらつかせた。

悪いことは重なった。その夜、まだ一人暮らしをしていた浩介のアパートに、深雪が久しぶりに泊まりに来た。借りてきたビデオを観ていたときだ。

「ねぇ、これってどういうこと？」

振り向いた瞬間、浩介は息をのんだ。まるで汚物のように深雪がつまんでいたのは、大学時代に借り受けていた奨学金の返済納付書だった。

「浩ちゃん、絶対に借金ないって言ってたよね？　嘘だったの？」

それは二人が付き合い始めた当初、深雪が何より気にしていたことだった。奨学金が借金に当たると思わなかっただけのことで、嘘をついたつもりは毛頭ない。

だが、どう弁明しても、深雪は激しい裏切りにあったかのように首を振り続けた。その反応は大仰とも思えるほどで、怒りは次第に両親の方に向かっていった。

「あなたの親って、少し自分に対して甘いんじゃない？」

本当は言いたくなかったけど、という言葉がきっかけだった。深雪の不満は堰を切ったようにあふれ出した。学費を子どもに払わせるなんて親として失格。自分たちの生活を質素にすれば学費くらい払えるに決まってる。子どもにお金の心配をさせないことが親の唯一の務め。少なくとも私の親はそうしてくれた……。一体いつから抱いていたのかと驚くほど、両親への不満があふれ出た。

その日を境に、深雪はあまり三好の実家に寄りつかなくなった。結婚式で当然のように祝儀をもらえなかったことも、それなのに母が和服を新調してきたことも、彼女にとっては許せないことだったに違いない。

あなたの親は甘い。その言葉は、今朝、タバコを吸いに行った家族の姿にも通じる気がした。深雪の言うことはもっともだ。しかし、そうした言葉を聞くたびに、浩介はやり場のない憂鬱に陥った。

「明日また三好に行ってくる」

レンジで温めた食事は、味気なかった。異常なほど湯気の立つシチューをボンヤリとかき混ぜながら、浩介は続けた。

「もちろん体調次第でいいんだけど、深雪も一緒に来てもらえないかな。お母さんの顔見てやってほしいんだ。ひょっとすると、もう長くないかもしれないだろ。これが最後になるかもしれない」

　ついほだすような言い方をしてしまい、自分に対して嫌悪感を覚える。深雪は見透かしたように首を振り、それには答えず、逆に質問してきた。

「一応聞くけど、お金は大丈夫なんだよね。お義父《とう》さん、もちろんそれくらいの蓄えはあるんだよね？　保険とか入ってるんだよね？」

　もちろん、という単語がむなしく耳に残る。どんなに心の中で反発しても、「あるわけないだろ」とは言えない。

　気まずい沈黙が立ちこめそうになったが、浩介は必死に打ち破った。役割の問題と思ったのだ。

　どれだけ不満があったとしても、いまの家族を支えられるのは自分しかいない。自分ががんばらなければならないのだ。

「すまない、深雪。うちに余裕ってどれくらいある？」

「余裕って、何？」

「いや、だから少しは病院の費用に回すことできないかなって」

　浩介は自分の給与から毎月三万円だけ抜き、あとは共通口座に入れている。他にクレジットカードを一枚持つだけで、家計は深雪に任せている。

それが生きがいと公言するほど、深雪はやりくりに長《た》けていた。浩介も普段から飲み歩くわけでなく、タバコも吸わず、三万あれば生活はできる。

出費を増やせば毎日が充たされるわけではないことは、両親がすでに証明している。節制することは苦しくないし、そもそも節制だとも思っていない。ただ「普通」の感覚の捉《とら》え方があの人たちとは違うだけだ。

両親や上司が目を細めて回顧する時代は、本当に人を幸せにしたのだろうか。できることならケリをつけといてほしかった。本人たちが素晴らしい時代だったと自慢げに語るのなら、負の要素もまとめて解決しておいてほしかった。

テーブルの隅に、深雪が集めたマンションのチラシが束になっている。その横には、気の早い育児書のセットが並んでいる。この状況ではあまり目にしたいものではない。浩介は視線を外した。

お腹を優しくさすりながら、深雪は吐き捨てるように口にした。

「深雪は、絶対にこの子にこんな思いをさせないから。お金のことなんかで絶対に苦労させないから」

深雪は覗き込むように浩介の目を見つめた。逃れることができず、しばらくの間視線が絡み合う。

「ねぇ、浩ちゃん。深雪たちが貯めてきたお金は、もう深雪たちだけのものじゃないんだよ。生まれてくるこの子のものでもある。きっとこれから色々なことにお金がかかる。相応の生活をしようとしても、絶対に必要なときが出てくるの。そのとき、深雪は何があってもこの子を守るから。それを理解した上で、いくら必要なのか教えてください」

浩介はぐうの音も出なかった。一字一句違わず深雪に同調するのに、まるで自分の生き方を否定されているようだった。

「明日は深雪も定期検診があるからさ。三好にはあとから行くよ」

ほとんどのおかずを残した浩介の食器を片付けながら、深雪は言った。

「ちゃんとお義母さんに挨拶する。ごめんね、きつく言って」

最後にそう言い残し、深雪は寝室に消えていた。

一人残されたダイニングで、浩介はテレビもつけずに酒を飲み続けた。一日二本までと決めている発泡酒が、瞬く間に空になっていく。

酒を飲んでいる間に、父から電話が二度あった。一度目は『お母さんの赤いダウンコートってどこにある？』という内容。二度目は『週明けに病院から支払いの話がある。できたら一緒に来てくれないか』というものだった。

どちらに対しても浩介は苛立った。そんなもの、勝手に自分で解決してくれよ。そう喉もとまで出かかったが、すんでのところで噛み殺した。長男なんだ。自分が踏みとどまればいいだけだ。

あっという間に二時を回り、さすがに脳みそがとけてくる感覚を覚え、浩介は部屋の灯りを消した。

そのとき、三度目の電話が鳴った。前回までのものとは違い、今度は実家の番号が表示されている。

無視して寝てしまおうかとも考えたが、着信音は一向にやまない。

『ああ、もしもし兄貴? 悪い。寝てた?』

電話は俊平からだった。

「いや、どうした」

『悪いな。ちょっと色々とヤベーことがあってさ』

「やめてくれよ。これ以上何がやばいっていうんだ」

冷たいものが胸を貫いた。俊平は躊躇なく言葉を紡ぐ。

『オヤジが寝てた黄色い簡易ベッドってやつあっただろ。あれ担架だったわ。兄貴が帰ったあと、あれで血まみれの人が救急車で運ばれてきてさ。とんでもないもんで寝てたなって俺は大ウケしたんだけど、オヤジはうなだれちゃって』

「いや、ちょっと待て。本当にそんな用件で電話してきたのかよ」

笑うだけ笑ったあと、俊平は平然と否定した。

『ううん、前置きが必要かと思って。オフクロ、借金スゲーわ。タンス整理してたら、出てくる、出てくる。サラ金のカードめちゃくちゃだ。通帳とかも調べてんだけど、把握しきれないんだよね。悪いんだけど明日こっち来てよ。相談しなきゃいけないことが他にも色々……』

暗闇にいるのに、目の前が白く揺れた。「早めに行く」と上の空のまま言って、浩介は電話を切った。

携帯を握ったまま、イスに腰かけていた。小さい頃に大好きだった母と「借金」という冷たい響き、そして深雪が言った「あなたの親は」という言葉が胸の中で複雑に入り乱れる。気づいたときには、何かをぶち壊したい衝動に駆られていた。

寝室に入ると、深雪はこちらに背中を向け、肩を揺らしていた。その身体を、うしろからきつく抱き寄せた。感情のおもむくまま紫色のスウェットを脱がしにかかったとき、深雪は思い出したようにつぶやいた。

「ごめんね、浩ちゃん。今日はそんな気分じゃない」

はたと我に返った。申し訳なさと、情けなさで、顔がひきつる。

暗闇の中で深雪がこちらを向いた。浩介の頬を撫でながら、諦めたように息を漏らす。

「ごめんね。そのかわり口でしてあげる」

深雪は答えを待たず、そのまま下半身に身体を預け、ズボンとパンツを脱がしていった。

組み伏せられた姿勢のまま、浩介はボンヤリと天井を仰いでいた。目頭がギュッと熱くなった。

単純作業をするように深雪の頭は小刻みに動いた。早く終えたいという心の内がハッキリと透けて見えていた。

7

何度も夢にうなされ、またほとんど寝られないまま朝を迎えた。

寝室を出ると深雪の姿はもうなかった。〈夕方には連絡します〉という無機質な書き置きが残されている。

それを一瞥し、浩介は身支度を整えた。早朝にあった人身事故のおかげで電車の乗り継ぎに失敗し、三好に辿《たど》り着くまでに三時間もかかった。

駅からさらにシャトルバスに乗り、ようやく家の敷居をまたぐ。リビングを覗くと、俊平がカップ麵をすすりながら難しい表情を浮かべていた。

「お前、一度も戻ってないのか？　大学とかバイトとか平気なのかよ」

そう問いかけるまで、俊平は浩介の帰宅に気づきもしなかった。

「ああ、兄貴か」と小さく漏らし、俊平は浩介の質問に答えようとせず、単刀直入に切り出す。

「まだざっくりなんだけど、三百万くらいありそうだよ。計十一社。もちろん借りる方が悪いんだけど、あんなオバサンにこれだけ貸す方だってどうかしてるぜ」

俊平が並べたカードを見て、浩介は一瞬目まいを覚えた。中には聞いたこともないところも混ざっているが、多くは銀行の傘下に入り、今も盛んにテレビCMを打っている会社のものだ。

「兄貴、知ってたの？」

「知ってたって、何を？」

「いや、オフクロがこんなことになってたこと」

「知るわけないだろ。知ってたらもっと早く手を打ってたよ」

「ああ、参ったよなぁ」と、俊平はめずらしく気弱な表情を浮かべた。ちらりと浩介に目を向け、言いにくそうに口にする。

「俺、マジで知らなかったからさ。結構金せがんじゃってたんだよね。ノーブレス・オブリージュじゃないけど、持ってる人から借りりゃいいやと思ってたのに、まさかこんなことになってたなんて」

俊平は思いきり肩を落としたが、責める気にはなれなかった。自分も似たようなものなのだ。母が仕事を辞め、父の事業がうまくいっていないのなら、二人は生活費をどうしていたか。考えればわかることを、見て見ぬフリしてきただけだ。

「あとさ、これってなんだと思う？」

俊平は気を取り直すように通帳を開いた。

「週明けにならないと記帳できないけど、なんか気になるんだよな」

受け取った通帳をパラパラとめくる。二ヶ月に一度、数万円の年金が振り込まれると、その日のうちにすべて引き下ろされ、端数しか残らないということが続いている。母の生活の一端が垣間《かいま》見えるようで、気が滅入る。

さらにページをめくっていって、浩介は眉をひそめた。たしかに不思議な痕跡がある。年金の受給とは別に、毎月末に一万三千円の入金。振込人は〈ワカナレイコ〉と本人の名前。その金は決まって翌二十六日に引き落とされていて、受取人欄には〈ダイニチセイメイ〉と記されている。

「こんな借金してる人間が生保、ってことはないよな？」

「わからない。それはないと思うけど」

事実を知りたいと思っても、壊れてしまった今の母には訊ねることもできないのだ。

「お父さんは？」

通帳やカードに加え、新たに出てきた督促状の束を仕分けしながら、浩介は訊ねた。俊平は一瞥もせずに即答する。

「病院」

「一度、呼び戻そうか。お母さんはまた暴れるかもしれないけど、みんなで相談しといた方がいいだろ」

「べつに夜でよくね？」

「ダメなんだ。夜にはこっちに来るから」

「誰が？」

「深雪」

「あ、そういうこと」

俊平は鼻白んだように笑う。こいつははじめて引き合わせたときからそうだった。何が気に入らないのか、いつも見透かしたような目で深雪を見る。

電話をかけると、一時間ほどで父は戻った。きっと連日、浩介以上に寝られていないのだろう。たった二日で頬はげっそりとこけ、目はくぼみ、白髪まで増えている気がした。テーブルに並べられた督促状やカードの山を見て、父は絶句した。しばらくすると諦めたように息を吐き、神妙な面持ちで頭を下げる。

「すまん。こんなことになるまで放っておいて。本当にすまん」

「もちろん知ってたんだよね」

うなだれる父に構わず、浩介は冷たく言った。謝られても仕方がない。解決策を見つけなければいけないのだ。

「どうしてやることもできなかった」

父はつぶやいた。半分は本音だろうが、半分は嘘だと思った。というより、この期に及んでまだ体裁を取りつくろおうとしている。

母はSOSを出し続けていたはずだ。でも気づこうとしなかった。自分のことに必死で、放り出された海で誰も手助けできないのと同じように、手を差し伸べられなかった。それは父だけでなく、きっと自分に対しても当てはまる。

「なぁ、とりあえずこれどうするよ。返済待ってもらえるか問い合わせなきゃならないとは思うけど、そもそもどこにいくら返せばいいかわからないし」

「いや、それよりも先に解決しなきゃいけないことがある」

浩介は断ち切るように口をはさんだ。

「お母さんにこれだけの借金があったんだ。お父さんにないわけないよね。毎月何にどれくらい返済しているのか、正確な額を教えてほしい」

父がどの程度稼いでいて、ローンにいくら払っているのか、残金はどれほどか、これまで聞いたこともない。息子が知るべきでないという思いもあったが、見て見ぬフリしてきた結果が今なのだ。詳しく聞かなければならなかった。

父は言いにくそうに唇を噛んだ。浩介の、俊平の、そして再び浩介の顔を見やり、観念したように天を仰ぐ。

「月によって違うし、正確な金額はわからない。ただ、毎月最低六十万は必要なんだ。家のローンに二十五万、光熱費が五万、生活費に五万、移動費、通信費、税金や保険料、それに銀行やノンバンク系の返済が合わせて六社……。そういったものを含めたら、やっぱり六十万はかかってる」

消え入りそうな声だった。

「ローンだけで二十五万とかって、マジかよ！　っていうか、ちゃんと払えてんの？」

俊平の疑問に、父は真っ青な顔をしてかぶりを振った。

「保険、税金、それから生活費という順番で滞納することが多かった。生活費を滞納っていう言い方はおかしいんだが。お母さんがこうなったのは俺のせいだ」

浩介が大学生の頃、ふと覗いた父の財布には信じられないほどのクレジットカードがあふれていた。

カードなどまだ持たない浩介には意味がわからず、訊ねると、父は「あの頃は銀行に行くたびに作らされたものなんだ」と、どこか誇らしげに説明した。そういう時代だったのだ、と。

当時はそんなものかと納得したが、なんてことはない。そういう時代はまだ終わっていないのだ。輝かしい面だけきれいさっぱり消し去って、いまも脈々と続いている。回顧するには早すぎる。

「一つ訊きたいんだけど、そんな状態になってまで二人は何を守りたかったわけ？」

素朴な興味といったふうに俊平が訊ねた。

「何って、それは」

父がかわいそうにも思えた。浪費したわけでもなく、ギャンブルに手を出したわけでもない。自分が生きてきた時代の「当たり前」の感覚を疑わず、ほんの少し、望んだものが身の丈に合わなかっただけなのに。

「俺はこの家を守りたかった。お母さんもそうだと思う。六十を超えて、家もないなんて生活は考えられなかった。将来のことを考えたら、家を守るしか選択肢はなかった」

「はっ、そのわりにはオフクロ、この家の文句ばっか言ってるけどな。っていうか、もう家とか将来とか言ってる状況じゃないだろ。オフクロはともかく、オヤジの方は破産するしかないよな。治療費だってこれからいくらかかるかわからないんだし」

それは浩介が言い淀《よど》んでいたことだった。いまにも消え入ってしまいそうな沈黙を、俊平は淡々とはね返す。

「もうそれしかないんだって。っていうか変な話、いまのあの状態でこれから何十年もオフクロが生き続けちゃったらどうするわけ？　家で面倒見るってなったら誰がやるんだよ。一瞬だって目を離せないんだぞ。オヤジの仕事とかどうするつもりだよ。こんな田舎にいられたら、俺らもしょっちゅう来られないぜ」

胸の内にあった最悪の状況を、俊平は呆気なく口にする。「最悪の状況」は皮肉にも、母が生き長らえることなのだ。

母は本当に一週間で死ぬのだろうか？　いままでと少し違ったニュアンスをはらんで、疑問が頭をもたげた。

「っていうか、もう一つ訊いていい？」

場をリードしているのは完全に俊平だった。その迷いのなさがいまはとてもありがたい。

「さっきオヤジ、他に選択肢はなかったって言ったけど、なんで？　俺にはやっぱり破産しときゃ良かったとしか思えないんだけど」

「いや、だけど、それは」

そのまま黙り込んだ父の目が、怯えたように浩介の方を向いていた。

「え、なんで。俺？」

そう口にしたとき、忘れていた過去の一件が唐突によみがえった。大学四年生の頃だった。氷河期と形容された当時の就職活動戦線を勝ち抜き、第一希望の電機メーカーに内定を決めた浩介を、父も母も心から喜んでくれた。

それから季節を二つ越えた、秋。父に呼び出され、神田で天ぷらを食べたときだ。

「家のローンの金利が当時の設定のままで厳しくてな。借り換えようと思うんだ。これができたらトータルで数百万は変わってくるんだけど、どう思う？」

訊ねられるまでもないことだった。「もちろん、いいんじゃない」と言った浩介に、父は安心したように息をつき、頭を下げた。

「絶対にお前には迷惑かけない。すまないが、保証してもらえないだろうか」

計三社の金融機関のうち、一社を切り換える。そうした計画の中で、話を持ちかけてきた地銀は新たに保証人を求め、父は就職前だが大手メーカーに内定している息子でいいかと提案した。あとは浩介が決断するだけという段階まで、お膳立てはできていた。

正直に言えば、迷いはなかった。金に関する親への信頼はまだ揺らいでなかったし、絶対に迷惑をかけられることはないと信じていた。

何よりも浩介は嬉しかった。引きこもりの期間からずっと続く家族に対する思い。恩や引け目、感謝と後ろめたさとがグチャグチャに入り乱れた気持ちをようやく拭うことができる。学生という無力な時期を抜け、ようやく力になれるのだと喜んだ。

だから父を非難する権利は自分にない。そう理解はできたが、でも……。深雪の顔が目の前に浮かぶ。

「お父さん、あのとき絶対に迷惑かけないって言ったよな？」

「すまない。勘弁してくれ」

「俺の抱えてる分だけでいくら残ってるんだよ」

「それは」

「いいから言えよ！」

「だから、たぶん」

父は小さく目を伏せた。

「千二百くらい残ってる」

「千二百！　っていうか、保証人とかマジかよ！　兄貴、甲斐性あるなぁ」

俊平は茶化したが、浩介はもう何も言えなかった。

千二百万という数字に聞き覚えがあった。それは、そっくりそのまま浩介と深雪がマンション購入の頭金のために貯めようと誓い合った金額だ。

その皮肉が異様なほどおかしかった。胸に巣くった絶望感とは裏腹に、浩介の顔に黒い笑みが広がった。

8

放心状態の父の尻を俊平が叩いて、二人は病院へ向かった。浩介は深雪を待ってから行くと伝え、一人家に残る。

そろそろ深雪から連絡があってもいい頃だ。解決策を見いだせない以上、いまは何も言う気にはなれない。ただ、昨日の今日でどんな顔をして会えばいいのか、うまく振る舞える自信もない。

二十時を回った頃、携帯が鳴った。画面にはなぜか〈公衆電話〉と表示されている。不思議に思いながら出ると、潑剌とした母の声が耳を打った。

『ねぇ、浩ちゃん。ここの食事ってひどいのよ。私、お寿司が食べたいな。みんなでさ、深雪さんや赤ちゃんも一緒に連れて、みんなでお寿司食べに行きましょうよ。赤坂にね、昔からおいしい……』

「ちょっと、待てよ。何が寿司だよ」

かすれる声をしぼり出した。

「そんな金、俺たちにはもうないんだよ！」

しばらくの間静寂が立ちこめた。母の声が遠くから聞こえてくる。

『浩ちゃん、泣いてるの？』

「べつに。泣いてない」

『じゃあ、また怒ってるんだね。浩介、いつも怒るから。それでね、私考えたんだけど、海の近くに白い家をね』

「なぁ、お母さん。もう勘弁してくれよ。頼むからもう黙ってくれ。頼むから、頼むから、もうさ……」

そのとき、電話の向こうで俊平のあわてた声が聞こえた。なんとかなだめて受話器を奪おうとするが、母も絶叫に近い声を上げて抗っている。

聞いていられなくなり、浩介はそのまま電話を切った。言いそびれた言葉が滲むように湧いてくる。頼むからもう死んでくれ――。俊平が現れなかったら、自分はそう口にしていたのだろうか。

今度はメールが着信した。開くと『ごめんね、浩ちゃん。深雪、体調良くないから今日はやめときます。みなさんによろしく』と記されていた。どうでも良かった。みんな勝手にやってくれ。

どれくらい時間が過ぎたのかわからない。音も光もない部屋の中で、浩介はおもむろに携帯を開いた。白々とした光が浮かび上がる。

メールの作成画面を開き、自分の携帯番号だけを入れた。期待してなかったが、五分ほどで電話が鳴った。

『ユカですけど』

温《ぬく》もりのある声を聞いて、浩介はくすりと笑う。

「ですけど、何？　ユカなんて知らないよ。アリスでしょ」

『今日お店休みだからさ。っていうか、ずる休みしちゃった。私、やっぱりあの仕事合ってないんだろうな。ママ怒ってるかな』

そんな言葉を皮切りに、アリスはまるで旧知の間柄のように自分の話をし始めた。ときに一人で笑い、ときに憤りながら、身の上話は尽きることなく続く。

『ああ、そうか。ごめん。用件、なんだっけ？』

十分ほどして、アリスはようやく思い出したように切り出した。

「いや、なんでもない。ちょっと誰かと話したかっただけ」

冗談っぽく言ったが、堪《こら》えられなかった。「なんでもないんだけどさ」と漏らすと、あとはたがが外れたように、浩介は心の内をさらけ出した。

借金のこと、保証人のこと、深雪とのこと、家族のこと……。これまでなら絶対に誰にも明かすことのなかった話を、浩介は一つ一つ、懺悔するように口にする。

「もうダメなんだ。何から手をつけていいかわからなくて、パンクしそうで」

しまいには涙をこぼしながらつぶやくと、それまで相づちも打たずに聞いていたアリスが小さく笑った。

『だったらパンクしちゃえばいいんじゃない？　修理すればいままで以上に走るんだから。いつかまた動き出すとき、きっと人間は勝手に修理するようにできてるんだよ。っていうか、ユカが修理してあげるよ』

安い自己啓発本に記されているような、空虚な言葉だと思った。だけど、そのなんの解決にもならない言葉が、浩介をたしかに勇気づけた。心の内を吐露させてくれる人がいるだけで救われた。その相手は、家族でさえなければ誰でもいい。

週明けに会う約束を交わしながら、一瞬、生まれてくる子のことが胸を射貫いた。これが理想の父親じゃないことはわかっている。わかっているのに、どうしても父のようにはなりたくない。

家族に弱みは見せられない。家族に弱さをさらすくらいなら、自分は外で吐き出したい。そう、耐えしのべばいいだけだ。

言い訳じみた思いだとわかっていたが、浩介は頭の中で繰り返す。

三章　弟の希望

1

あの兄貴が部屋に引きこもった——。

父が期待し、母が目をかけ、自分の基準だった兄が部屋から出てこなくなった。その日、若菜俊平の世界はひっくり返った。くるりと音を立てるように。

ハッキリ言って、この家族は狂っている。少なくとも俊平にはそう見える。最初に感じたのは、三ヶ月に及んだ兄の引きこもりが唐突に終わった日だ。

俊平がどれだけ懇願しても出てこなかった兄は、俊平にはつまらないとしか感じられない母の一言であっさり重い扉を開けた。

「お母さん、今日仕事辞めてきたからね。こうなったらとことん浩ちゃんに付き合ってあげるからね」

母の言葉には優しさよりも打算を感じた。

「なんで？　そんなこと頼んでないだろ」

ドア越しのもっともな兄の反論に、母は逡巡《しゅんじゅん》する素振りも見せない。

「働くのはお母さんじゃなくてもできるからね。でも、浩ちゃんといられるのはお母さんだけでしょ。それが母親として私がしてあげられる役目なの」

俊平が帰宅していることに、二人は気づいていなかった。壁一枚隔てた先の茶番劇は、さすがに二人きりでしか演じられなかったと思いたい。

もちろん、兄には兄の考えがあったのだろう。部屋にこもる将来に怯え、些細なことでもきっかけが欲しかったのかもしれない。だからそのこと自体を責めるつもりはないし、兄を引っ張り出すことに成功したのだから、母が仕事を辞めたことに意味もある。

そう理解しているのに、気持ち悪さが日増しに膨らんだのは、その日以来、二人が声高に笑い始めたからだ。兄の引きこもりも、母が会社を辞めた事実もなかったかのように、兄は再び兄らしく、母は母らしく、日常を振る舞い始めた。

何者かによって操られている糸が、目の前に浮き出てくるような感覚だった。家族が家族の役割を演じている。漫然とそう思った頃、なぜか『サザエさん』を見られなくなった。ヤンキーが改心し、成人した途端〝散々苦労をかけたオフクロ〟に感謝し始めるドキュメンタリーにしらけるようになった。俊平が家族の中で変わり者扱いされるようになったのもこの頃だった。

長男だから、母だから。長男として、母として……。様々な状況で、そうした言葉を耳にしてきた気がする。俊平がかろうじてマトモと感じていたのは父だけだ。兄はそれこそを許せないというのだろうが、父だけがいつも自然体だった。あけすけに悩みを打ち明けるのも、つらいときに平気で肩を落とすのも、人間らしくて嫌いじゃない。だから次々と秘密の借金が露呈していくのには、正直裏切られた気持ちにさせられる。

すっかり慣れた一人きりのダイニングで、とりあえずコーラに口をつけた。朝から炭酸は不快などと思いながら、気づいたときにはまた母の通帳を眺めていた。

保険会社によって毎月一万三千円が引かれている跡。あれほど借金を抱えた人が、誰に、なんの保険をかけているのか。母のタンスからローンの督促状は出てきても、保険の案内は見つからない。携帯のアドレス帳にそれらしい名前もない。

突破口が見つからず、ふと新聞に目を落とす。一面の左肩に気になる記事があった。兄が勤める電機メーカーと外資系企業との合併話が破談となり、兄の会社が今後ＴＯＢの対象になることを予測するものだった。

話のスケールが大きすぎて、兄に及ぼす影響は想像できないが、いい話でないことは予想がついた。

　さらにパラパラと新聞をめくっていった。そのとき、不意に身体が揺れた。

「あ、地震？」

　思わず声が漏れた。揺れは大きくなかったが、一分近く続いた。テレビをつけ、チャンネルを1に合わせる。しばらくすると〈東海地方で震度3の――〉というテロップが流れた。この辺りにまで言及しないことを見れば、震度1がせいぜいか。

　安心してテレビを消し、新聞に視線を戻した。次の瞬間、耳をつんざく轟音《ごうおん》が鳴った。今度はテーブルの下に潜ろうとしたほどだ。

　だが、頭上のペンダントライトは少しも揺れていない。ボンヤリと部屋を見渡して、ようやく爆音の正体を知る。壁にあった一辺八十センチほどの額が落ちているのだ。中にあったジグソーパズルが方々に散っている。

　額がなくなっただけで部屋は印象をガラリと変えた。長年見てきたはずなのに、俊平はそこにどんなパズルが飾られていたか瞬時に思い出せなかった。

　ゆっくりと歩み寄り、ピースを一枚拾う。そのくすんだ肌色を見て、ようやく絵を思い出した。兄のために仕事を辞めた母が完成させた、フェルメールの『真珠の耳飾りの少女』だ。

　俊平はその絵が大嫌いだった。最初はパズルを飾る行為自体をダサいと思い、そのうち少女の見透かしたような目が気に入らなくなった。

もし本当に家族がそれぞれの役割を演じていたのだとしたら、この少女だけが本当の姿を見ていたことになる。督促に苦しんでいる母の姿も、将来に震えている兄の様子も、この少女だけが神のようにしらじらと眺めていた。

もう捨ててしまおうとも考えた。が、パズルを完成させて嬉しそうにしていた母を思い出し、とどまった。

壁の時計が目に入る。そろそろ銀行が開く時間だ。その前に病院に顔を出しておいた方がいいだろう。

俊平はこのときはじめて雨戸を開けた。空は澄み渡っている。

病状の確認、借金の整理、通帳の記入に、パズルを直すことが加わった。忙しい一日になりそうだ。

でも、つまらなくもなさそうだ。

2

窓から注ぐ陽を受けながら、母は機械的にパンをちぎっては口に運び、咀嚼《そしやく》していた。黄色い担架の上で、昨夜もあまり寝られなかったのだろう。父はすっかり眠りこけている。

「オヤジ、そろそろ仕事だぞ」

小さな眠りから覚めるたびに、一連の出来事が夢であることを祈っていそうだ。周囲をうかがう目は悲しいほど弱々しいが、母は倒れ、山のような借金が露呈し、目先の支払いに目《め》処《ど》がたたないのが現実である。

「お前はまだこっちにいて平気なのか？」

父は声をしぼり出した。空腹と寝不足からおぞましいほど口がくさい。

「とりあえず、今晩は一回東京に帰るつもりだけど。それより先生の話って今日はなんかあるの？」

「それがまだ何も聞かされてないんだ。どうしたらいいのかよくわからなくてな。いずれにせよ回診くらいあると思うが」

「その先生、ちょっとノンビリしすぎだよな。人の生き死にの問題を前に土日休んでる場合かよ。っていうか、オフクロの診察券ってある？」

「ああ。俺が持ってるけど、何に使うんだ？」

父が財布から取り出した診察券を、俊平は無言で受け取った。

母は相変わらず人間味なく視線を窓に向けている。もちろん正常とは言えないが、乱射銃のように話を聞かされた昨日よりはずっとマシだ。顔色も悪くない。この人が本当にあと数日で死ぬのだろうか。だとしたら脳のメカニズムってつくづくすごいと、俊平は罰当たりにも感心する。

「オフクロ、どうする？　またタバコでも吸いにいく？」

父を見送るついでに母に声をかけた。母はこのときはじめて俊平に目を向け、うっすらと微笑んだ。

「どうもありがとう。でも、私は入院している身だから。それより俊平、あとで大事な話があるの」

「何、それ？　今じゃダメなわけ？」

「うん。お父さんが仕事に行ってからね。あなたにしか言えないこと」

「なんじゃや、そりゃ」

また母がワケのわからないことを言い出した。俊平はたまらず苦笑するが、とりあえずこの母は自分を認識してくれている。ひとまずそれで充分だ。

父を見送った足で外来の受付に向かった。ごった返す老人の合間を縫って、母の診察券を箱に放り込む。

病室には戻らず、そのまま山を下りた。やっと辿り着いたATMでさらに十分近く並ばされたが、記帳自体は数秒で終わった。

吐き出された通帳を眺めて、俊平は首をひねる。先月に限って〈ワカナレイコ〉からの振り込みの跡がない。六十二円という残高が一月以上続いていて、もちろん保険会社から引き落とされた形跡も残っていない。

保険というのは支払いが遅れてもいいものなのか。そもそも〈ダイニチセイメイ〉とは何なのか。ひょっとしたら調子のいい今日の母なら答えてくれるかもしれない。そんな一縷《いちる》の望みをもって、俊平は再び山を上る。

途中、ふと思い出し、家から持ってきた母の携帯の電源を入れた。留守電設定はされてなかったが、直近の不在履歴に俊平のよく知る名前があった。迷わず、亜希子という母の友人に電話する。

「おはようございます。俊平です」

『え、誰？』と、亜希子はガラガラの声で訊ねてきた。

「ああ、ええと若菜玲子の息子の、弟の方の俊平です。ごぶさたしています」

『え？　ああ、俊ちゃんか』

亜希子は安心して息をついたが、すぐにあわてたように声を上げた。

『え、やだ。ちょっと勘弁してよ。なんで玲子の携帯から俊ちゃんがかけてくるのよ』

悪い予感が的中していることを申し訳なく思った。自分から電話しておいて、何を、どう伝えたらいいものか少し迷う。

俊平は慎重にオブラートに包みながら事情を説明した。「CT撮影で頭に影らしいものが見つかった」「ひとまず検査のために入院している」「まだ状況がわからないから、今は大げさにしないでもらいたい」……。

言っているそばから亜希子は『お見舞いには行っていいの？』『最悪の状況ってわけじゃないのよね？』『こないだテレビでゴッドハンドとか呼ばれてる外科医が』と、矢継ぎ早に言葉を重ねてきた。

亜希子をなんとかなだめた頃には、もう病院の前に着いていた。「とにかく結果がわかり次第こっちから連絡します！」と言いきって、半ば強引に電話を切った。

たった数分の電話でヘトヘトになった。再び電源を落として、病院の入り口をまたぐ。と同時に、待合室奥のスピーカーから母を呼ぶアナウンスが聞こえた。診察券を放り込んできたのをすっかり忘れていた。

「失礼しまーす。入院している若菜玲子の次男坊です」

俊平は努めて明るく戸を開けた。カルテを見ていた医師は「あ、そういうこと」とつまらなそうに声を上げる。

「先生、お忙しそうなんでこっちから来ちゃいました。母のいないところで話をしたかったですし、いつまで待ってればいいのかもよくわからなかったので」

俊平が医師と対面するのはこれがはじめてだ。兄は「この辺ではそこそこ力がある人みたい」と言っていたが、先入観なしで見れば、くたびれた田舎のオッサンという印象がせいぜいだ。

「で、どうかされました？」

医師は諦めたように息を吐く。

「どうしたもこうしたも。母はこれからどうしたらいいのかと思いまして」

「もちろんいまのまま治療を続けたらいいと思いますよ。ステロイドのおかげでお母様の失語も落ち着いてきたようですし。明日には一度退院してもらおうと思っています」

「はぁ？」

母の症状と他人事《ひとごと》のような口調がずいぶんと乖離《かいり》していた。

「思いますって。何なんですか、それ。ということは、もう母は完治したってということでいいんですか？」

「もちろん、そういうわけではありません。ですが、これ以上病院にいていただいても処置のしようがありませんので。ここにいるよりも、もっと思い入れのある場所で、ゆっくりと時間を過ごされた方がいいとは思いませんか」

「それは家で死ぬのを待てってことですか？」

　俊平はさらりと言った。さすがの医師も一瞬眉をつり上げる。

「そんなこと言っているつもりはありません。ただ、こんなところで無為に時間を過ごされるよりも……」

「だからその無為っていうのがわからないんですよ。手術したり、抗ガン剤でしたっけ？　それで対処したりとか、やってないことがあるじゃないですか」

　だが、ネットで仕入れてきた付け焼き刃の知識はたいした攻撃力を発揮しなかった。医師は逆に威圧的に目を開く。

「ハッキリと申し上げますが、もはやそんな状況ではありません。手術で取り除ける数ではないのですし、大きさ的にも手の施しようがないのです。幸いにもステロイドで腫瘍は小さくなっていますが、それも一時的なことでしょう。今後、腫瘍が大きくなるスピードはさらに増し、薬も効きにくくなっていくものと思われます」

　医師はこのときはじめて表情を和らげ、諭すように口にした。

「お気持ちは痛いほどわかります。私も何人もの患者さんやご家族の方たちと向き合ってきて、みなさんのつらさは共有しているつもりです。しかし、もう一つわかっていることもあります。ご家族で過ごせる時間は永遠ではないということです。患者さんのために安らぎを与えてあげることも、また見届ける側の大事な役目だとは思いませんか」

一つ一つの言葉に大げさにうなずきながら、俊平は静かに聞いていた。すべてを聞き終えたと同時に、ウゼーよ、あんた、と喉もとまで出かかった。

医師は肝心なところでズレていた。仮にもうすぐ母が死ぬ。それが動かせない現実だとしても、自分はまだ何一つ抗うことができていない。

母のためではない。自分のためだ。これだけのことをやったのだという免罪符が欲しいだけかもしれないが、もっと抗わせてもらいたい。もっと闘わせてほしいのだ。

最後に紹介状を書いてくれと言ったのは、せめてもの意地だった。医師はその意を敏感に悟り、「いまはどこも満床ですよ。検査のためには受け入れてくれません。そもそもいまのお母様をどうやって」とぶつくさ言い出したが、俊平はピシャリとはね除けた。

回診のときに届けますという看護師の言質《げんち》を取って、病室に戻った。母は先ほどから微塵《みじん》も動いていないように、相変わらず窓の外を眺めている。

「さっき、亜希子さんから連絡あったよ。近々お見舞いに来るってさ」

買ってきたお茶を差し入れながら、俊平は言った。その俊平の表情を、母は覗くように見つめてきた。

「ねぇ、俊平。みんなには内緒で教えて。私ってガンなんだよね？」

「だから違うって言ってんだろ。その証拠に明日には退院だってさ」

「嘘よ」

「本当だよ。さっき先生から聞いてきた。影っぽいのはあるけど、どうやらガンじゃなさそうですねってさ」

俊平は気丈に振る舞ってみせた。今だけは母に判断能力がないことをありがたく思う。

「そんなことより、さっき話があるって言ってなかった？」

パイプ椅子に腰かけながら、俊平は逆に尋ねた。

「私が？　あなたに？」

「うん。お父さんが会社に行ったらって。覚えてない？」

「そんな、この私が」

大げさに目を見開いて、母はそのまま黙りこくる。まぁ、思い出すことはないのだろうとのんびり構えていると、母は意外にもすぐに表情を輝かせた。

「そうだ、思い出しました。おかしを持ってきてほしいんです。カウンターの裏にヨックモックの青い缶があるの知ってますよね？　あれを持ってきてほしいんです」

「おかし？」

「はい。あそこにみんなの写真が入ってます。悪いのですが、あの缶ごと持ってきていただけませんか」

「それはべつに構わないけど。ってか、なんで敬語なんだよ」

母はニコリと微笑んだ。結局何が欲しいのかわからなかったし、突然の言葉遣いの意味もさっぱりだったが、母の笑顔には家族を安心させる力がある。

この人があと数日で亡くなるとはやっぱり思えなかった。それはただの願望にすぎないのだろうか。でも医師の言葉は、ニコニコと微笑むこの母を前に、無力な気がしてならなかった。

「なぁ、オフクロ。最悪の質問だけど、一個訊いていいかな?」

母はこちらを振り向きもしなかったが、俊平は椅子に深く腰かけ直し、続けた。

「オフクロ、幸せだった? 生まれてきて良かったって思ってる?」

頭の中で繰り返してみて、本当に最悪だなと思った。思考する能力がないことをいいことに、母の人間性を試すような行為である。

でも、俊平は訊ねずにはいられなかった。先入観や価値観で縛られていない、母の本当の気持ちを知りたかったのだ。

母はゆっくりと視線を戻し、しばらく俊平を凝視した。なんでそんな質問を? と訊き返してくるような、濁りのない表情を浮かべている。

母は突然思い出したようにニコリと笑った。そして大きく、本当に大きく一度だけうなずいた。

「はい！」

「いや、はいって。なんでだよ？　つらいことばっかだったんでしょ？　じいちゃん、小さい頃に夜逃げして苦労したんでしょ？　三好に移ってきてからもしんどいことばかりだったんでしょ？」

「でも、私は人に恵まれましたから。友人に恵まれて、家族に恵まれましたから。お父さんも、浩介も、俊平も。私が築いた宝物なんです」

「宝物って……」

俊平は言いかけたが、しかしそれ以上の言葉が出てこなかった。

ゆっくりと母の言葉を反芻する。どこを切っても母らしい答えだなと思うと、少しだけ笑えた。

「そうだよね。みんな出会えたもんね」

「はい」

「生まれてきて良かったよね」

「はい」

「そうか。じゃあ、がんばろうよ。がんばって病気に打ち克とう」

俊平が力を込めて言うと、母は破顔し、目一杯手を挙げた。

「はい！」

回診時、昼の一件などなかったかのように医師も俊平も当たり障りのない話しかしなかった。眼球の色を調べ、聴診し、明日の退院が流れ作業のように決定する。

夕方になって父が仕事から戻ると、俊平は医師の話を手短に伝え、帰り支度を整えた。母はうつらうつらしていた。しかし「それじゃ、あとはよろしく」と父に言い、去ろうとしたとき、母はこれまでになくハッキリとした口調で言い放った。

「俊平ももっとみんなを許しなさいよ。あなただって自分の考えを正しいものと信じすぎなんだからね」

驚いて目を向けると、母はまたウトウトしかけていた。はじめは自分と兄とを間違えているのだと思った。母と二人で兄の話をするとき、決まってそんなことを言うからだ。

だが、母は俊平〝も〟と言った。あなた〝だって〟と言ったのだ。父は不思議そうに肩をすくめたが、言い間違いじゃなさそうだ。以前、まったく違う人間からも似たようなことを言われた覚えがある。

病院から出てすぐ俊平は二通メールを書いた。一通目は兄に対して。やはり医師から聞いた話を端的に記し、〈可能なら十万貸して〉と打ち込んだ。

続けて俊平は高野京子にもメールを書いた。数年ぶりにメールする相手だったが、こちらも用件しか書かなかった。

〈今夜、モンゴリアンで飲みます。ききたいことがあるので、来てくれたらハグします〉

携帯を畳みながら、久々に京子の表情を思い出した。浮かんできたのは見慣れた柔らかい笑みではない。

激昂《げっこう》しながら俊平の考えを否定した、最後に会った日の顔だ。

3

「ごめんね、マスター。休みまくった挙げ句、こんなに飲ませてもらっちゃって。俺、マジで来週からがんばって働くからね。有休もらった分、売上げに貢献しますから。というわけで、はい、これ。おかわり」

俊平は六杯目のラムコークを一息に飲み干し、グラスをカウンターに置いた。

バイト先の新宿三丁目のバー〈モンゴリアン・チョッパーズ〉は、月曜だというのになかなかのにぎわいだ。いかなる週末でも閑散としている三好の街と、どっちが正常なのかよくわからない。

「お前、どれだけコーラ飲むんだよ。それにべつにタダで飲ませてるわけでも、有休やったわけでもねぇからな。っていうか、せっかく来たなら働けよ」

慣れないカウンターに立つマスターは、ぶつくさ言いながらも新しくコーラのボトルを開けてくれる。

七杯目をチビリと舐《な》めて、俊平は深々と息をついた。

「ねぇ、マスター。幸せ？」

「ああ、驚くほどね」

「血色の良くない奥さんと、下ぶくれの娘さんに囲まれて、日々幸せ？」

「だから幸せだって言ってんだろ。どさくさにまぎれて人の家族を批判するなよ」

「いやぁ、みんな大したもんだと思ってね。俺とたいして歳変わらないのに、それなりの家族築いて、変な名前だけど店まで持ってさ。生き急いでてホントに偉いよ。みんなジミヘンの生まれ変わりなんだよな、きっと」

マスターは皿を拭《ふ》く手をピタリと止め、「お前、今日はいよいよウザいな。そんなクダまくならもう帰れ」と呆れたように口にした。

それを「やだね」と一蹴し、俊平はすぐに作業に戻る。いそいそと手を動かす俊平に、マスターも前言を忘れたように「っていうか、それは何？」と訊ねてくる。

「何って、パズルだけど」

見ての通りだとばかりに言い返したが、マスターは表情を崩さない。

「パズル？」

「うん、パズル。でもね、マスター。いま俺が体験してることなんて、たとえば将来俺が自伝とか書く日が来たら、『その年の秋に母が倒れ、家族でがんばって看病して』とかさ、一行くらいで終わらせちゃう話だと思うんだよね」

「いや、その話はもういいって。なんで、パズルだよ。ここバーだぞ？」

「大丈夫だよ。完成したらちゃんと持って帰るから。そんなことより、マスター。お金貸してくれない？」

「いいけど。いくら？」

慣れたもので、マスターは理由も訊かずに言ってくれる。しかし、俊平が躊躇《ためら》うことなく口にした「千二百」という数字に、さすがに目を白黒させた。

「もちろん千二百円のことだよな？」

「もちろん千二百万円のことだけど」

「なぁ、もうウザいって。お前ホントに帰ってくれ」

「やだね」

「じゃあ、いっそお前がガンで死ね」

自分も父を亡くしたばかりなのをいいことに、マスターは縁起でもないことを言う。それを無視して、俊平は再びパズルに戻った。

最初は四隅から作り始めた。だが、どう考えてもカウンターに収まりきらないので、仕方なく少女の顔だけでも作ろうと思い直した。

マスターが他の客につかまってからは集中度も増した。顔の輪郭ができあがると、すぐに鼻がつき、口もできた。

「お、なんかそれっぽい」と、人知れず悦に入っていたのもつかの間、探せども、探せども残りの一枚、左の眼球のピースが見つからない。たった一枚の欠片《かけら》がないだけで、少女はすごくいびつだった。

「何よ、その絵。気持ちわるっ」

なつかしい声が耳を打った。真っ先に反応したのはマスターだ。

「え、なんで？　京子ちゃん？」

「マスター、ごぶさた。なんかパタリと来なくなっちゃってごめんね。当たり前だけど」

　二年ぶりの京子はニコリと微笑み、すぐに俊平を見下ろした。

「俊平くんもお変わりなさそうで」

「ねぇ、京子さん、そんなことより早速訊いていいですかね。僕って自分の考え押しつけすぎですかね？」

　用件は他でもない。俊平は単刀直入に切り出した。京子はしばらく呆気に取られたように口を開いたが、すぐにマスターと顔を見合わせ、苦笑する。

「久しぶりに呼び出しといて、いきなりかよ。ホントに変わんないね」

　京子はジャケットを脱いで、俊平の横に腰を下ろした。二年前はひたすらファジーネーブルだったくせに、いきなりコロナビールなんか注文する。

　全身ヒラヒラしていた当時の服装と違い、淡いグリーンのタートルネックにフレアパンツという組み合わせも、すっかり大人びたものに見えた。

「森ガールはもうやめたんだ？」

　グラスに口をつけながら俊平は訊ねた。

「森ガールとか言うのやめなよ。逆にオッサンぽいからさ。そんなことより君へベレケじゃないですか」

　軽口を叩きながらも、京子がなんとなく距離感を測りかねていることは感じ取った。

彼女にしてみればおそらく最低の別れ方をした、その夜以来の再会だ。話しづらいのも無理はない。

「子どもがいるみたいなんだよね」

二年前、真っ青な顔をして報告してきた京子に、俊平は「そうか。じゃあ結婚しよう」と即答した。腹を決めて結婚することや、計画的な子作りには当時から否定的だったが、すでにいるものは仕方がない。

だが、京子は「はぁ？　バカじゃない」と、呆れたように言い放った。それどころか俊平を軽薄すぎると、次第に非難し始めた。

たしかに俊平にだいそれた覚悟はなかった。ただ、ようやくつかみ取った目の前の女がイヤになるほど大好きで、これからも可能な限り一緒にいたいと願っていた。そして彼女の身体をできれば傷つけたくないと思うのなら、おのずと答えは一つだった。

だが、京子はかたくなに首を振った。それが普通の反応ではあることはさすがの俊平にも理解できた。俊平と京子はまだそのための行為をしていなかった。お腹の子は、直前まで付き合っていて、俊平の登場によって派手に別れた元カレとのものだったのだ。

「強引に奪いとっちゃったからね。僕、バチが当たったんですかね」という俊平の軽口も、怒れる京子に油を注いだ。

「もういい加減にして。無理に決まってるじゃない」

頭を抱えた京子の言葉は、でもあまりしっくりとはこなかった。

「なんで？　決まってはなくない？」

「決まってる。あなたの親はどうするの？　友だちはあなたをどんな目で見るのよ。将来、子どもにはなんて言うの」

「うーん。それもあんまり関係ないのかな。今の俺たちがよければそれでいいよ。親とか、周りとか、将来とか、なんか全部ピンとこない」

「もう言わないで」

「でもさ」

「お願いだからもうやめて。私がイヤなの」

「だったら仕方ないけど」

そう言って肩をすくめた俊平を、京子は鋭く睨みつけた。次の瞬間には、堰を切ったように涙をこぼし始めた。

「俊平はすぐ人のことを価値観に縛られすぎだって言うよね。でも、俊平は自分が何にも縛られていないってことに、逆に縛られすぎてるんだと思う」

必死に嗚咽《おえつ》を堪えながら、京子は吐き出すようにつぶやいた。それからも何か言われた気がするが、あまり覚えていない。はぁ、うまいこと言うなぁ、という他人事のような感想とともに、その言葉だけ覚えている。

母が言ったことに通じる部分があるのだろうか。久しぶりに京子を思い出したのは、だからだった。

しばらくは過去の件に触れず、質問の答えもないまま、当たり障りなく時間が過ぎた。

「なんでパズル？」という問いかけに、俊平ははじめて家族の事情を説明する。京子が二本目のビールを空け、見慣れたファジーネーブルに変更したときだった。

「とりあえず、俊平は間違ってないと思うよ」

京子の言葉はゆっくりと胸に染み入った。

「だよね。俺、真っ当だよね？」

「うん、かなり真っ当だね。いつもちゃんとブレてない。感心するぐらいだよ」

でも、その言葉に感心しているニュアンスは微塵もない。案の定、京子は「でもね」と、言いにくそうにするでもなく続けた。

「でも私、俊平と別れてからずっと考えてたんだけど、結局みんな俊平ほどには強くないってことなんだよ」

「はぁ？　強いの、俺？　いや、そもそも強いとか弱いっていう価値基準が気に入らないいけど、就活だってしてないし、フリーターまっしぐらなんだぜ。人生いいとこ乗ったとしても、マスターがせいぜいなんだぜ。ビビりまくってるよ」

　マスターはぷはっと吹き出して、「血色の悪い嫁と、下ぶくれの娘と、変な名前の店がせいぜいってか」と笑い立てた。

　釣られるように一瞬微笑んだ京子だったが、すぐに真剣な表情を取り戻す。

「俊平の言っていることは基本的にいつも正しいと思う。でも、正しいばっかりじゃたぶん人を苦しくさせるんだよ」

　京子は不意に顔をしかめ、少しだけ間を置いた。

「こないだ新宿で疲れた顔したお母さんがベビーカーをエスカレーターに乗せてたの。その人に若い女がすごい剣幕で近づいていって、『あなたそれでも母親か』って。『子どもを危険にさらして何も感じないのか』って言ったんだ。あれってどうなんだろうって思ってさ。もちろん危ないんだろうけど、だったら手伝ってやれよとしか私には思えなかったな」

「嘘でしょ？　俺はその女と同じ……」

「とは言わないけど。でも、あの女の人もすごく強そうに見えたんだ。自分がまったくブレてない。自分が正しいと疑ってなくて、実際正しいから手に負えない。別れたときには言えなかったけど、俊平の言葉は嬉しかった。でも、少なくともあのとき私を楽にしてくれたのは、正論より建前だった。嬉しいと思うよりも楽になりたかったんだよね。俊平と別れたとき、つらかったけど、なんかものすごく楽だった」

そう言い切ると、京子はおもむろに腕時計に目をやった。「じゃ、あとはよろしく」と冗談っぽく口にし、かけていたジャケットを羽織る。

「え、もう帰るの？」

まだ十時を回ったばかりだった。月曜とはいえ、久々の再会だ。できればもう少し一緒にいたかった。

だが、名残惜しそうにしたものの、京子は毅然と首を振った。

「今日、急遽お母さんに来てもらったからさ」

「お母さん？　どこに？」

「家に」

「なんで？」

「なんでって、子どもも見てもらってるから」

あっけらかんとした言葉の意味をうまく把握できなかった。顔を見合わせたマスターもあんぐりと口を開けている。

「え、男の子？」

　ワケのわからない質問だったが、京子は真面目にうなずいた。

「男の子」

「マジっすか？」

「マジっす」

「あのときの？」

「うん、あのときの。当たり前じゃん」

　そう言い切って、はじめて楽しそうに笑った京子を、俊平は浮き足だったまま外まで送った。

「今日はありがとう。そして、いつぞやはごめんね。結局子ども産む覚悟ができたのは俊平の言葉に後押しされたからだと思うんだ。自分さえよければいいじゃんってやつね。いまはとりあえず幸せだよ」

　京子は右手を差し出してきた。その手を握り返しながら、俊平はふと空を見た。新宿の夜空に星は見えない。満天の星が浮かぶ三好の空を思い出す。

　京子のうしろ姿を見届け、店に戻ると、マスターが仏頂面でパズルの前に座っていた。

「マジでないな。左目のピース」

　そう言ったあと、マスターはおもむろにニカッと笑い、俊平の手にお札を数枚握らせた。

「は？　なんの金だよ？　こんなんじゃオヤジの問題は」

「違《ちげ》ぇよ」

マスターはうんざりしたようにさえぎった。

「お前が他人の気持ちを理解できないのは、ひとえに童貞だからなんだ。というわけで、ソープ行ってこい」

「はっ。なんだよ、それ」

「なぁ、俊平。セックスってな、死ぬ気で相手のことを想像するスポーツなんだよ。相手の求めるものと、自分の想像とが完全に合致したとき、はじめて快感が得られるんだ。そりゃお前のオナニーは正しいよ。お前しか相手じゃないんだもん。でもオナニーは何も産み出さない。世界に何かを産み落とせるのは、結局はセックスだけと決まってる」

マスターはクスリともせず、再びパズルに目を落とした。なぜか神妙な表情で小首をかしげていたが、しばらくするとまた笑った。

「でも、それがお前のいいとこなんだけどな。みんながみんなお前みたいに好き勝手やってたらどうなるんだろうな。案外、結構いい感じで回るのかもしれないな」

ゆっくり開いた手のひらには、五万円も入っていた。そうか、ソープってそんなにするものなのかと思いながら、俊平の意識はすでに明日からのことに飛んでいた。

4

朝イチで足を運んだ大学病院には、悲しいほどドラマがなかった。渡したＣＴ画像を一瞥しただけで、若い当番医は面倒くさそうに顔をしかめる。

「大変申し上げづらいですが、すでに予断を許さない状態だと思われます」

もちろんそんなことわかっている。イヤになるほどわかった上で、どうにかすがれる希望はないものかと、脳外科に定評のある病院をネットで探し、京子と別れたあともモンゴリアンで一人過ごして、朝六時という意味不明の時間にのこのことやってきた。

「すでに手の施しようのない状況だと思われます。新たな検査のために当院で受け入れることは難しく、今後はご家族のみなさんで……」

早々にまとめに入った話を聞きながら、それもちょっと違うよなぁ、と俊平は思った。三好の医師にも感じたことだが、それはつまりお前らが手を施せないだけなんじゃないのか。実力不足なだけなのだ。

とりあえずこじ開けてからモノを言えよ。頭をかっぽじって、タチの悪いガン細胞とやらを直視して、そこではじめてこいつはダメだ、手に負えないとさじを投げてはくれないだろうか。ボヤッとした写真を信じ込んで、他人の人生にケリをつけるだけなら俺だってできるよ。

　そんな八つ当たりに近い思いを抱いたが、べつに落胆はしなかった。簡単に奇跡と巡り会えるとは思っていない。

　自分たち家族が強引にたぐり寄せようとしているのは、奇跡のドラマだ。壊れた母を再現VTRで煽《あお》るだけ煽って、しれっと幕から登場させる。〈大発見！　世界のミラクル人間！〉的な番組で取り上げられ、どこかの芸能人が感極まって目を潤ます。そういう類の話である。

　自己啓発めいたものは嫌いだが、信じる者にしか奇跡は訪れないという話を今だけは信じたい。今朝がまさにそうであるように、一位のときだけ占いを信じるのと同じだ。ラッキーカラーは黄色だとしきりにいうので、とりあえず〈モンゴリアン〉からバナナを三本拝借してきた。

　とにかくこれはガマン比べだ。母が生きているうちに奇跡をもたらす医師か、ぐうの音も出ない根拠を提示した上で「家族で過ごせ」と言ってくれる医師と巡り合うまで、あがき続けるしか道はない。

　そう思いながら向かった三軒目、新宿の日本女子医大は、めまいがするほどの病人であふれかえっていた。三好の病院が町中の老人たちの憩いの場だとすれば、こちらは日本中の老人の社交場だ。とげぬき地蔵だってありそうだ。

受け取った札には「108」とあった。モニターには「38」や「41」といった番号が悠長に並んでいる。脳神経外科だけで四人もの医師で応対しているようだが、数は一向に減っていかない。寝ては覚め、寝ては覚めを繰り返し、ようやく番号が「100」台に突入したのは、優に三時間を過ぎた頃だ。

〈木下〉〈轟〉〈大嶋〉と、上から順に並ぶ医師の名と、一番下の〈処置医〉の文字。どういう割り振りがされているか知らないが、こなす数が下から順に多いということは待っている間によくわかった。〈処置医〉が「98」「99」「101」と密集した数字をダイナミックにこなす間に、〈木下〉は「69」「88」「100」と、のんびり診療に当たっている。

できれば〈木下〉がいいなぁと思っていたが、もちろん一見《いちげん》にそんなVIP待遇は許されない。「108」は当然のように〈処置医〉のコーナーに点灯したが、異変が起きたのはそのときだ。

「107」の患者が診療室に呼ばれ、いよいよ自分の番が目前に迫ったとき、唐突に「108」の数字がモニターから消えたのだ。

この三時間のことが走馬灯のように脳裏を巡った。ほとんど寝ていた記憶しかなかったが、鼻先がツンとなる。この凡ミスは絶対に許せないと、近くの看護師をつかまえようとしたとき、かすかな違和感を覚えた。

吸い込まれるようにして再びモニターに目を向ける。と、すでに愛着を抱いていた「108」がピカピカと点滅していた。しかも、恋い焦がれた〈木下〉のコーナーに。

何が起きたか定かでないが、三軒目にして奇跡の幕に手をかけたことを予感した。他の赤い数字と違い、点滅する「108」だけが、ラッキーカラーの黄色でもあった。

それからさらに三十分ほど待たされて、俊平は部屋に呼ばれた。紹介状と一緒に受付に提出しておいたCT画像が、どういうルートを辿ってきたのか、電光板に差し込まれている。

対面した木下医師の胸のバッジには〈教授〉の二文字が誇らしげに躍っていた。糊のきいた白衣も、七・三に分けられた頭髪も、俊平が勝手に想像していた「脳神経外科室のやり手リーダー」像そのままで、思わずニヤけそうになる。

このチャンスを逃してなるものか。俊平は芝居がかって頭を下げた。木下は余裕のある笑みを浮かべ、「今日、お母さんは？」と訊ねてくる。

「こっちに連れてこられる状況じゃなかったので、とりあえず自分が病院を探し回っているところです」

「家は……三好か。あのニュータウンがあるところだね。病院はここで何軒目？」

「七軒目です。ほとんどのところで門前払いでしたけど」

どれだけの効力があるかわからないが、俊平は必死に嘘をついた。教授、もう僕にはあなたしかいないのだという熱烈なアピールを瞳に込めた。

木下はすでに何やらメモを取り始めていた。俊平の説明と、やはり写真から何かを読みとったらしく、申し訳なさそうにペンを置く。

「難しい状況ではありそうだね」

「承知しております」

「他の病院の先生から聞いているかもしれないけど、一応、私の思うことを話させてもらうと、お母さんの腫瘍には三つの可能性があると思われます」

「はい。……え、三つ？」

当然のように出てきた言葉に、俊平は虚を衝かれた。転移性と、原発性。可能性は二つだと兄からは言われていた。

木下は意に介した素振りを見せず、淡々と続ける。

「うん、三つだね。一つは一般的な脳腫瘍の場合。二つ目は内臓のガンが転移してできたもの。紹介状を見るとこちらの可能性が高いとのことだけど、いずれにせよもっと精密な検査は必要だろう。ＣＴで決めつけるのはちょっと早計だ」

「で、ですよねぇ」

抱えていた不満を共有してくれた気がして、俊平はついなれなれしくこぼした。自分の話がどれだけ勇気を与えているか気づかないまま、木下は口調を崩さない。

「そして三つ目は脳を原発とする中枢神経系悪性リンパ腫と呼ばれる病気の場合」

「はい？　ちゅうすうしんけい？　りんぱしゅ？」

はじめて耳にする病名は、どう書くのかさえわからなかった。新たな可能性に期待を持ちつつも、「悪性」という唯一把握できた単語がズシリと響く。

「近年増えつつある病気ではあるんだけど、症例数が多いわけじゃなく、もちろん可能性は二つに比べてグッと低い。だけど、ステロイドで劇的に失語が改善されているってことが不可解なんだよな。いずれにせよ、さらなる検査を」

「あの、先生。ちょっとすいません」

俊平は放心しながら木下の話をさえぎった。木下は憮然とするでもなく、不思議そうに首をかしげる。

「いや、そのリンパなんとかとかいう病気の場合だとしても、やはり母は一週間とかいう単位で死んじゃう可能性が高いのでしょうか」

「いまの段階ではなんとも言えないね。ただ、仮に五年というスパンで見れば、平均的な存命率は決して高いと言えないけど」

　申し訳なさそうな木下とは裏腹に、俊平の胸は跳ね上がった。もちろん五年が長いと思わないが、一週間、いや最初に宣告された日から数えればすでに三日に充たないと思っていた残り時間だ。可能性は無限にも感じられた。

「じゃ、じゃあ、とにかくさらに検査してくれる病院を探せばいいわけですね。それは、だけどこの病院では」

「申し訳ないけれど」

「いや、大丈夫です。大きな病院が検査のために患者を受け入れないって、ここの待合室を見てたらいい加減悟りました。できれば先生に診てほしかったですけど仕方ないです。自力で探します」

　俊平は偽りのない笑みを見せたが、木下は神妙な表情を崩さなかった。しばらくしげしげと俊平の目を見つめたあと、「このあと予定している病院は？」と訊ねてくる。

「いえ、またネットで探してどこか行ってきます」

「そうか。じゃあ、ちょっと待っててくれるかな」

　木下は諦めたように息を吐くと、背後のカーテンに消えていった。そして誰かと電話をし始めた。「ああ、女子医の木下です」という挨拶から始まり、俊平が伝えた話と自分の診立てを順に説明していく。

途中、不意にカーテンから顔を出し、耳にあてがった受話機を指さしながら「いまから行ける？」と訊ねてきた。俊平が指でオーケーサインを作ると、木下ははじめて柔和な笑みを浮かべ、また奥に引っ込んだ。

五分ほどして戻ってきた木下の手には、プリントアウトされた地図があった。

「系列というわけではないんだけど、高輪《たかなわ》によく知っている先生がいてね。三時までなら時間が取れるというから、申し訳ないんだけど、タクシーで向かってもらうことできるかな」

「もちろんです」

「お金ある？」

「頼りになる兄から十万もらってますんで」

「そうか。じゃあ、これね」

なぜか照れたように笑う木下から渡された地図には、品川の住所と「君島朝美」という名前が一緒に記されていた。

俊平はしつこいほど礼を言った。木下は再び微笑んで、最後に俊平の背中を強く叩いた。

「ウチのバカ息子がちょうど君くらいの年なんだよ。いい先生であることは私が保証する。お母さん、いい方に向かうといいね。大変だろうけどがんばりなさい」

奇跡の扉がまた開いたのを実感した。〈大発見！　世界のミラクル人間！〉の尻尾を視界に捉えた。

5

兄が振り込んでくれた金を下ろし、わざわざ黄色いタクシーをつかまえて、俊平はもらった地図を運転手に渡した。

都内をダイナミックに横断しながら、改めて状況を整理する。カバンに入れたままの母の携帯を思い出した。

電源をオンにし、老眼対策なのか、どでかい文字をボンヤリと見つめる。その瞬間、示し合わせたように大きな機械的な音が鳴った。〈吉ちゃん〉という表示が目に入る。

思わず周囲を窺ってから、俊平は電話に出た。

『ああ、よかった！　やっとつながってくれた！』

弾けそうな声が鼓膜を打った。あまりの勢いに何も言えずにいると、畳みかけるように『もしもし？　若ちゃんでしょ？』と言ってくる。

「いや、すいません。若菜の息子の俊平と申します」

『え、息子さん？　俊平くん？　あらやだ、番号間違えたかしら！』

意味のよくわからない言葉を否定し、俊平は最近のことをかいつまんで説明した。吉川と名乗った女性は、さすがにはじめは驚いた様子だったが、亜希子のように取り乱すことなく、静かに相づちを打っていた。

「母の調子が良くなり次第、こちらから連絡させますので」

紹介された病院の看板が目に入り、俊平は話を打ち切ろうとした。しかし、吉川の口から思ってもみない言葉が飛び出した。

『ごめんなさい。いまお時間はありますか？』

「あの、すいません。五分くらいなら」

『そうですか。いえ、実は電話したのは他でもないんです』

そう切り出し、吉川は母と八王子のコールセンターで一緒だったという説明から始めた。席を並べた期間は短かったが、馬が合い、先に母が会社を辞めたあとも付き合いは続いた。お茶を飲んだり、カラオケに行ったり、二人で熱海に旅行したこともあるという。

話は行ったり来たりしながら、少しずつ核心に近づいていった。吉川がどれほど若菜家の内情に通じているか定かじゃないが、一緒に旅行するくらいなのだから、かなりの部分を把握しているのだろう。

『うちもそのとき本当に苦しくてね。申し訳ないとは思ったんですけど、ついお母さんに甘えてしまったんですよ』

懺悔するように口にし、吉川はふぅっと息を漏らした。

二年前のことだという。やはり夫の事業がうまくいかず、家計が苦しくなった吉川は、保険の外交の仕事を始めた。だが、はじめての営業ということもあり、実績を挙げられずに苦しんでいた。

そんな折、久しぶりに母と会う機会があった。吉川の方から母に泣きついたわけではない。敏感に状況を悟り、「あまり高額なのは無理だけど」と、母は自ら保険に加入することを申し出た。

借金に苦しむ自分の現状も顧みず、いかにも母の言いそうなことだった。俊平が苦しむたびに金を工面してくれた母の思いを想像する。

『若菜さんだって苦しいってわかってたのに、私、本当に嬉しくて』

いよいよ泣きだしそうな声を無視して、俊平は先をうながした。

「あの、吉川さんの勤め先って」

『あ、すいません。大日生命なんです』

「ですよね。ええと、それで、ご連絡いただいていた理由って」

タクシーが指定した病院のロータリーに入った。片手で手際よく支払いを済ませ、入り口横の花壇に腰かける。

話を聞いている最中から脈が速まっていくのを感じた。「まさか」と「でも」が頭の中で交錯する。

しばらくの沈黙のあと、吉川は覚悟を決めたように切り出した。

『お母さんがこんな状況で言うのは失礼ですが、実は二ヶ月分の保険料の引き落としがまだできてないんです。今日中に振り込んでいただかないと失効してしまうもので、何度も連絡したのですが。まさかこんなことになっているなんて知らなくて、私』

病気が自分の責任であるかのような口ぶりだった。時刻を確認する。十四時。今日中ということは、あと一時間でデットだ。

「それで、すいません。母が入っていた保険っていうのは何なんですか？　保険のこととかイマイチ詳しくなくてあれなんですけど」

油断するなと何度も自分に言い聞かした。吉川はついに涙声になったが、必死にかすれる声をしぼり出した。

『それがガン保険なんです。お母さんご自身の。深い考えがあったわけじゃなくて、他の保険に比べると割安なものですから。縁起でもないって怒られるかもしれませんが』

いますぐオフクロを抱きしめてやりたい。不謹慎にもそう思った。また一つ、奇跡の扉はこじ開けられた。今度は確信にも近かった。

吉川はガン保険について丁寧に教えてくれた。加入者がガンで入院すると、症状にかかわらず一日に一万円が支給され、さらに手術や先進医療というものを必要とする場合にもその都度治療費が支払われる。

何よりも驚いたのはガンと診断されたら、その時点で百万円もらえるということだった。そういえばよくＣＭで見るだろうか。昨日まで自分とは関係ないと思っていた。

『なるべく早く支払われるように手続きしますので、病名が確定したらこちらにもご連絡ください。念のため、書類は先にご自宅に送っておきます。いま一度、保険証書の方も探してみてください』

もちろんガンじゃないことを祈りますが。最後にそう言った吉川を「いやいや、こうなったらガンじゃなきゃ困りますよ。百万欲しいっす」と強引に笑わせ、電話を切った。

病院の向かいにあったＡＴＭから一万三千円を振り込んだ。〈振り込め詐欺にご用心！〉というやはり昨日まで見向きもしなかった注意書きが目に入る。

なるほど、こうやって老人たちは詐欺師の魔の手に落ちるのか。俊平は妙に感心した。

6

高輪台中央病院という名は初耳だった。午前中から回った三軒の病院と比べると規模は見劣りするが、天窓から光が差し込み、清掃が行き届いていることに好感を覚えた。受付の女性も俊平の説明を察しよく理解し、脳神経外科につないでくれる。ナースセンターでは名乗っただけで、すぐに先生を呼び出してくれた。結局、病院に入って五分も経たないうちに対面できてしまった君島朝美という女の先生は、俊平が想像していた人物像とはかけ離れていた。

真っ先に抱いたのは「木下教授の絶対何かだ！」という思いだ。おそらく木下と二回りは離れているその容姿は、俊平に色々な立場を想像させた。後妻と言われてもしっくりくるし、教え子だとしても納得がいく。不倫相手だと聞かされれば「ほら見たことか！」と手を叩くに違いない。

もちろん探る術《すべ》はないのだが、何かであってほしいという気持ちは強かった。医者だって人間だ。紹介された人間との関係性が強いほど、治療に熱も込もるはずだ。

「君島と申します。大方の話は木下先生からうかがっております」

ナースステーション奥の机で向き合うと、君島は白衣の名札を見せながら挨拶した。その仕草に俊平はたまらずドギマギする。赤い縁のメガネも、肩までの髪も、白衣の上からもわかるふくよかな胸も、エロティシズムに満ちあふれている。都市伝説のような女性医師の出現に胸が高鳴る。

俊平は改めて母の病状を説明した。母の知らないところで、いくつもの病院で母のカルテができていく。その現象が不思議でおもしろい。

「たしかに悪性リンパ腫の可能性は否定できませんね」

君島はCT画像を見つめながらつぶやいた。

「僕、さっきはじめてその病名を知ったんです。悪性ということは、やっぱり治らないということなんですか？」

俊平の純粋な疑問に、君島は一度「いえ」と口にし、すぐにあわてて言い直した。

「そもそも良性のリンパ腫というものが存在しないんです」

「ああ、そうなんですか。っていうか、リンパ腫ってどういう病気なんですか？」

「一言で説明するのは難しいんですよね。たとえばリンパの存在しない脳にどうしてリンパ腫ができるのかということも実はよくわかっていないんです。ＨＩＶのような後天性免疫不全の人に多かったり、男性に多かったりという説明はできるんですが。いずれにせよ絶対数は少なく、現段階でこの話をするのは早いです。早速検査を始めましょう。明後日、木曜に入院していただくことは可能ですか?」

「もちろん可能ですけど、そんな簡単に受け入れてもらえるものなんですか?」

「だって、そのためにここにいらっしゃったんですよね?」

君島はどこか意地悪そうに微笑んだ。

「七軒も回られたんですってね。それだけの病院を回ってどこも受け入れないなんて、そっちの方がおかしいんです。目の前に困っている患者さんがいるというのに」

嘘まできちんと伝わってしまっていることに少なからず心を痛めた。が、三好と今朝の病院で感じた不満を七軒分に薄め、俊平はあらん限りの愚痴をぶちまける。

君島も笑みを絶やさず、次から次へと不平を言った。どうやら彼女も大病院には不満があるクチらしい。

「先生、もう一個だけ訊いてもいいですか?」

なんとなく打ち解けられた気がして、口が軽くなった。

「今のオフクロの状況で、ガン保険って申請することできるんですかね」

「それはもちろんできるけど、入ってるの? ガン保険?」

「なんか本人があんな調子だからイマイチわからないんですけど、入ってるっぽいんですよね」

「へぇ、それは不幸中の幸いね。ガン保険って、あんなに盛んにCMを打ってるわりには意外と加入者少ないのよ。せっかく加入してても、途中で解約しちゃって、その途端にガンと診断されるなんてのもよく聞く話だし。だから結局ああいうものって、治療費を払うのがそれほど難しくない人に限って入ってたりするのよね」

「へぇ、そうなんですか。うちは全然苦しいんですけどね。逆にそういう保険に入っちゃうような人たちだからこんなに苦しんだっていうか」

俊平の言葉に首をかしげながらも、君島はまず三好の病院で申請するよう指南してくれた。

医者との出会いがすべてを決める。そんな話を〈モンゴリアン〉のマスターから聞いていた。自分は運命を引き当ててしまったのではないだろうか。目の前のエロティックな女性の医師に家族のダイスは託されたのだ。

「よろしくお願いいたします」と、俊平は右手を出した。苦笑しながら返された君島の冷たい手を握りながら、改めて机の上に視線を戻す。

説明を受けている間、ずっと気になっているものがあった。

勝手に託された大きな期待も知らず、一輪の黄色い水仙が楚々《そそ》と咲いている。

7

生まれてはじめて『メシでも食おうか？』とメールで誘い、兄と三好にある唯一のファミレスで待ち合わせした。

すでに二十三時を回っていたが、入店と同時に『人身事故。三十分遅れる』というメールが届く。仕方なく時間潰しにメニューを眺めていた。すぐにある光景に目を奪われた。

二組の家族の、その子どもたちの様子だ。子どもたちがはしゃいでいるくらいなら気にならなかったはずだ。うるせぇなぁと思いつつも、よくある場面と受け流していたに違いない。

問題は三人いる子どもたちの誰一人として覇気がなく、眠そうに目をこすりながらハンバーグやメロンソーダを口にしていることだった。

はしゃいでいるのはむしろ親の方だった。どういう立場か知らないが、二人の母らしき女と一人の若い男は、当然のようにタバコの煙をくゆらせ、品なく騒ぎ立てている。

メールからきっかり三十分後、兄は不機嫌そうにやってきた。

「また身投げだって。最近多いよ。お母さんが倒れて以来、毎日のようだ」

ネクタイを緩めながら、兄は早速ビールを注文する。

「へぇ、兄貴って飲むんだっけ？」

上目遣いに訊ねると、兄は「お前、いつも同じこと言ってるよな」と鼻で笑った。

食事の最中、会話はほとんどなかった。イヤでも二組の家族のことが目についた。驚いたことに、兄は俊平のように無視しようとしなかった。

突然立ち上がったかと思うと、つかつかと家族の方に歩み寄る。そして「あんたたち、もう帰れ」と怒声を上げる。

「はぁ？　何こいつ？　ワケわかんねぇんですけど」

女の一人が明らかに動揺して言い返すが、兄は少しも怯《ひる》まない。「子どもの前でそんな言葉遣いをするな！」と、今度は国語教師のようなことを口にした。

なるほど、たしかにワケわかんねぇだろうなと女に共感しながらも、俊平は「兄貴、カッケー」と独りごちた。

兄はさらに二つ、三つ小言を伝え、勇んだ足取りで戻ってくる。その途中、これまで一言も口をはさまなかった男が「ってか、お前若ヤンじゃねぇの？」と、小馬鹿にするように言ってきた。兄はピタリと足を止め、ゆっくりと振り返ったが、やはり怯まず口にした。

「ってか、俺はお前のことなんか知らん！　微塵もだ」

五分ほどして、二組の家族は渋々帰っていった。去り際、子どもをおぶりながら「きもいんだよ」と言ってきたプリン髪の女の背中に、俊平は中指を突き立てる。

「なぁ、兄貴。見とけよ。ぜってぇ軽だぞ。それも内装が品のないやつだ」

祈るような気持ちで駐車場を眺めていると、フロントをぬいぐるみで埋め尽くされた軽自動車が立て続けに二台動き出した。俊平は大笑いしながら、もう一度窓に向かって指を立てた。

「もうやめろ。みっともない」

兄は静かにグラスに口をつける。寝不足と二日酔いでいい加減グダグダだったが、俊平も小気味よさを覚え、ビールを注文した。

「さすがに二人で乾杯するのははじめてだよな？」

俊平がグラスを向けると、兄は「さぁな」と首をかしげ、グラスを当てた。

「今日はなんかあった？」

一気にビールを流し込んでから、俊平は切り出した。

兄は何食わぬ顔で「実は面接でさ」と不思議なことを言いかける。

なんのことかわからず、首をひねると、兄は「あ、お父さんのことか」と恥ずかしそうに言い直した。

「いや、あの人本当に頼りにならないんだよな。正直、今回ばかりは心が折れそうになったよ」

　深いため息のあとに兄が口にしたのは、健康保険の話だった。会社の上司から「高額療養費制度」なるものの存在を伝え聞いた兄は、早速役所に問い合わせてみたという。細かい規定は多いが、一般に父の年齢で当てはめると、前年度の所得が六百万円で線引きされ、それ以下なら月の医療費は約八万、それ以上の場合でも十五万を限度とする支払いで済むことがわかった。

　母の治療費がどれほどか見当もつかず、目下の支払いこそ悩みである若菜家にとって、たしかに助かる話ではある。

「だけど、って話なんだよな？　どうせいい話じゃないんだろ？」

　俊平がわざとおどけて言うと、兄は小さくうなずいた。

「お父さんの去年の所得、六百二万なんだと」

「は？」

「自分で経費の申請してるんだぞ。あんなに借金で苦しんでるんだぞ。あと二万くらいどうにでもなったはずなんだ。それなのに、律儀にギリギリアウトのところで書類を作って」

「いやいや、それは結果論だろ。その鈍くささはたしかにオヤジらしいし、八万と十五万の差はでかいけど、それを責めちゃいくらなんでもかわいそすぎる」

「わかってるよ。それだけじゃないんだ。そうじゃない」

兄は何度か言い直し、一気にビールを呷《あお》った。

「あの人、めちゃくちゃ保険料滞納してるんだよ。役所の人がうちのこと調べてくれて、一年ほど滞納してますねって。ギリギリ有効期限内だったから三割負担で済んでるけど、高額療養費の事前申請はできませんって説教口調で言われたよ」

「それは、つまりどういう?」

「今後かかる病院代は、たとえ百万が一千万だとしてもひとまず全額払うってこと。差額が返還されるのはずっと先だし、その返還された中から滞納分を引かれるんだって。本当にさ、何やってくれてるんだよ」

それでもまだ父を責めてはかわいそうだと思った。この事態を想定できるはずもなく、何も好きで滞納していたわけでもあるまい。

そう理解しているのに、気持ちは少し兄に寄った。家族の誰かが懸命に細い糸をたぐり寄せるたびに、父がヘラヘラと引きちぎっていく。そんな感覚に近かった。

「まだなんか続きがありそうだな」

言い終えてもスッキリしていない兄を、俊平はうながした。兄は一瞬驚いた顔を見せたが、すぐに力なくかぶりを振った。

「今日の昼、お母さんが突然お菓子の缶が欲しいって騒ぎだしたらしくて、あの人あわてて家に取りに帰ったんだって。結局、缶は見つけられなかった挙げ句、その帰りにスピード違反で捕まったんだと」

「何それ？　罰金ってこと？」

「罰金。一万五千円」

「こんなときに？」

「うん。しかも若い巡査にかなり説教されたらしいよ。奥さんが大変なときにあなたまで事故にあったらどうするんだって」

「はっ。つくづくおめでたい話だな」

俊平は皮肉ではなく笑い立てたが、また金でも無心されたのだろう。兄は苦りきった表情でささくれを嚙んだ。どこかで見覚えのある仕草だった。

「なぁ、兄貴。一つ訊きたいんだけど、いいかな？」

しばらく笑ったあと、俊平は上目遣いに兄を見た。かねて抱いていた疑問があった。

「オヤジって、結局闘ってたんだと思う？　逃げてたんだと思う？　俺、最初は当然逃げてたと思ってたんだよね。家族に借金のこと明かすのって一番しんどいことだろ？　それを避けてきたんだとしたら、やっぱり逃げなんじゃないかって。でもさ、家族を巻き込みたくないと思うことって、やっぱり闘ってることになるのかな。だとしたら、結局みんなに壮絶な迷惑をかけてることを、オヤジはやっぱり気に病んでるよな」

あいかわらず指を口に当てたまま、兄は俊平を凝視していた。不思議な物体でも見るかのような顔だった。

しばらく視線が交わったあと、兄はふうっと息を吐いた。

「すごいな、お前は。つくづく逆だ。なんで一人で解決してくれないんだって、父親だろうって、俺はそっちを不満に思ってたよ」

兄は感心したとも、呆れたともつかない笑みを浮かべる。

「お前は俺なんかよりよっぽど家族に期待してるのかもしれないな」

「期待？　俺が？」

俊平はぶっと吹き出したが、兄は顔色を変えない。

「ああ。ロマンチストと思うくらいだ」

そう言い切って、兄は一度目を伏せた。しばらく指をいじったり、どこか一点を睨みつけたりしたあと、踏ん切りをつけたように顔を上げる。

「闘ったか逃げたかなんて知らないし、興味もない。ただ、俺はお父さんにずっと不満を持っていたよ。だけど、今回あの人見てて唯一いいなって思うこともあって、それはいまでもちゃんと『笑点』見て笑ってることなんだよね。メシも食えないくせに、小遊三のギャグで大笑いしてるんだぜ。あの神経はちょっと羨ましいし、たいしたもんだと心から思うよ」

「たしかに。なんとなくオヤジは中央線に飛び込んだりしなそうだもんな」

「しないだろうな」

「なんでだろ。飛び込む人と何が違う？」

「さぁな、家族が機能しているからかな」

「してるのか？　この家族？」

「それはしてるだろ。あんなに寄りつかなかったお前がこんなに何度も帰ってくるんだ。一人で何か動き回って、嫌いなはずの俺と解決策を見つけようとビールなんか飲んでる。それだけでも充分機能している」

「うーん、そうか。いや、どうなんだろうな。べつに家族のためとか思ってるわけじゃないんだけど」

　イマイチ納得のいかない俊平を見やり、兄は小さく笑った。

「お前、いつかノーブレス・オブリージュって言ってたよな。高貴なる義務。俺、最近それすごくいいなと思ってさ。家族の誰かが苦しかったら、役割とか抜きにして、救える誰かがなんとかする。声高に苦しいって言える人が周りにいるだけで、現状はなんとか進んでいくんだ。あの人たちが借金を膨らませていった時期にはそれができなくて、お母さんが倒れてからはイヤでもそうするしかなくなった。そうしたらなんだか少し回るようになってきた」

「なんだよ、兄貴。今日はマジで調子いいじゃん」

思わず漏れたが、すぐに気恥ずかしくなり、あわてて言い直す。

「っていうか、それって俺の意見じゃね？」

「だからお前の意見だって言ってるだろ」

「ちなみにもう一つ俺の意見を言わせてもらうなら、とはいえオヤジにはもうちょっとがんばってもらいたいんだけど」

「ああ、それも同感だ。そろそろあの人の出番だよな」

「最近はむしろ何考えてるか余計わからねぇよ」

「なんか一生懸命現状を打破しようとはしてるみたいよ。カラ回りしてるけど」

「どっちにしても『笑点』で笑われてちゃ困るよな」

ほんの数秒目が合って、久しぶりに兄と笑い合った。そのとき、キッチンから人が出てきて、申し訳なさそうに閉店時間を告げてくる。

当然のように会計してくれる兄に「そっちは大丈夫なんだろうな？　深雪さん、全然来ないけど」と訊ねた。兄はさらりと「実は今日、危なかったんだよね」と口にした。

「お前からメシ食おうって誘われてなきゃ、今ごろ俺は銀座にいたよ。銀座から始まってどこかに転がり落ちてたかもしれない。せっかく引き留めてくれたんだ。今後どうするか、もう一度深雪とよく話し合ってみるよ」

意味はさっぱりわからなかったが、深く知りたいとは思わなかった。逆に兄の方が「それよりお前の話って何だったんだ？」と訊ねてくる。

「あ、そう言えば」

店を出てはじめて、俊平はガン保険のことや高輪の病院の件を説明した。

兄はさすがに驚いたように目を見張ったが、すぐに前を向き、「そうか。ありがとうな。いよいよお父さんの出番だな」と独り言のようにつぶやいた。

目の前に広がる星空を同じように眺めながら、俊平は強くうなずいた。

心のどこかでちゃんと父に期待している自分がいる。ありきたりのつまらない価値観と思う気持ちはあるが、不思議と誇らしくもあった。

8

父はすでに床についていた。病気など嘘のように寝息を立てる母の隣で、小さくいびきまでかいている。

兄が二階に上がったのを見届け、俊平はカウンター裏からヨックモックの青い箱を取り出した。母が持ってきてと頼み、俊平がすっかり失念し、父が見つけられなかったものである。中には山ほどの写真が入っていた。二人の結婚式のものから順を追って、兄や自分が生まれた日のもの、小学校入学から三好へ引っ越してきた日の写真も、はじめて見るものばかり次々と出てくる。

しばらくボンヤリ眺めていると、底に白地の封筒が入っているのに気がついた。俊平はそれが何かすぐにわかった。家中探してついに見つけられなかった保険の証書だ。どうやら母は潜在的に封筒の存在を思い出していたらしい。

大日生命の封筒のなかには保険証書と一緒に、〈お父さんへ〉と記されたメモがあった。保険の種類は完全に履き違えているようだが、短い言葉の中に、母の思いが込められていた。

〈私にもしものことがあったらこれでお葬式をあげてください。子どもたちに迷惑はかけたくありません〉

保険内容をくまなく読み、束になった写真を眺めているうちに、いつの間にかウトウトしてしまった。

次に意識がつながったときには、もう鳥の鳴き声が聞こえていた。リビングの小窓からうっすらと漏れる朝の光に照らされ、俊平は異変にすぐ気がついた。

「おい！　いつからそんなことしてるんだよ」

キッチンを漁っていた父がビクンと肩を震わせる。

「いや、ちょっと小腹が減ったもんだから、食べ物を」

「そんなこと訊いてないよ。いつからそんなことしてるんだって言ってるんだ」

「今日で三日目」

「はっ、手っ取り早く身体鍛えて成長した気になってんじゃねーぞ」

現状を打破するためにランニングでも始めたのだろう。ジャージ姿の父が所在なげに突っ立っている。

べつに走ることに文句はないし、成長を願うのも問題ない。でも、父は肝心なところがいつも必ずずれている。

「なんのつもりだよ、その格好は」

父はおずおずと着ているジャージをつまみ、首をかしげた。

「いや、クローゼットに入ってたんだ。やっぱり派手かな？」

その飄々とした口調が妙にはまって、俊平は思いきり吹き出した。たしかに派手だ。派手すぎる。

父が当然のように着ているのは俊平が高校時代に一時ハマッた、ブルース・リー仕様の黄色いつなぎだ。

「ああ。でも、そうか。ラッキーカラーってことなのか」

占いを思い出し、勝手に合点がいって笑い転げる俊平を、父は不思議そうに見つめる。それを無視し「バナナならあるぜ」とさらなる幸運をカバンから取り出して、俊平も頭にタオルを巻いた。全身黄色の父と並んで、俊平も一緒に家を出た。

父が走る理由はなんとなく理解できた。つい腐《くさ》してはしまったが、父はやはり化けたいと願っているのだ。一家の願っているのだ。一家の長として、母の伴侶として、長として、このまますぶっていられない。現状を打破したい。そう願いつつ、だけど何から始めていいかわからない。なら、とりあえずランニングでも……。

呆れるほどの短絡さだが、俊平にも覚えがあった。中学生のとき、大好きな女の子に告白できず、自慰ばかり繰り返し、それでも悶々《もんもん》とした思いは解消しきれず、気づいたときには三好中を全速力で走っていた。

自分が父ならどうしたいか。その一念を頭に、思いつくまま口にした。

「なぁ、オヤジ。一度旅でも行ってこいよ」

「旅?」

「ああ。オフクロと行った新婚旅行の場所とかでいいじゃん。どっか思い入れのある場所でも行って、一回自分と向き合ってきなよ。そこで底打ってさ、それで戻ってきたら完全に父親として機能してくれ」

「いや」

「いいから行けって。手っ取り早く成長したいんだろ？　だったら身体鍛えるか、殴り合いのケンカするか、さもなければ旅で自分と向き合うかって相場は決まってんだよ」

俊平は思わず立ち止まり、自分よりずっと低い父の肩をつかんだ。かつては恐れたこともある人だ。仕事の鬱憤を家に持ち込み、母に偉そうに当たる場面を目にしたこともある。でもそんな虚勢はこの国の景気とともに、若菜家の貯蓄とともに吹っ飛んだ。

父は自信なさげに首を振り、なぜか寂しげに口を開いた。

「いや、だから違うんだ」

「何が？」

「お金がない」

「は？」

「旅に出たくても金がない」

俊平は一瞬呆気に取られたが、すぐにニヤリと笑い、「金があったら行くんだな？　じゃあ俺が用意する。その代わり戻ってきたら家のことは任せるからな」と口にした。

そんなことを言いながらも、俊平はこの状況で父が旅に出るなどとは本気では思っていなかった。

ボストンバッグを肩から提げた父が「ねぇ、お金」と言ってきたのは、その日の昼前のことだった。

啞然とする兄と俊平に「明日には戻る」と言い残し、病床に臥《ふ》す母を置いて、父は行き先も告げず出かけていった。

その表情から心の内は読み取れなかったが、俊平は黙って背中を見届けた。母を遺して電車に飛び込む人じゃないし、化けてほしいのも本心だ。

だが、俊平が黙って見送れた一番の理由は、ブルース・リーのつなぎがカバンからこっそり見えていることだった。ラッキーカラーの黄色いつなぎは、父が化けて帰ってくる大きな希望を俊平に抱かせた。

本日のラッキーカラーが、実は父、俊平ともに「青」だと知ったのは、この数時間後のことである。

四章　父の威厳

1

もしも人生をやり直せるとしたら、どの時点に戻るだろう――。

水平線の少し上にある満月が海面を照らし、自分の立つ崖《がけ》の下まで〝ムーンロード〟が延びている。いつかと寸分違《たが》わぬ光景を眺めながら、若菜克明は考えた。手にはあの頃なかった携帯電話がある。

小さい頃は、何不自由ない生活をさせてもらった。北陸から布団問屋の丁稚《でっち》として岐阜に出た克明の父・完三郎は、受け入れ先の娘・千代子と恋仲になり、半ば勘当されるような形で独立。二十代で一国一城の主となったが、軍に布団を卸すという恩恵にもあずかり、すぐに会社を大きくした。

事業規模と比例するように、二人は子どもを次々と授かった。克明の上には四人の兄と姉が一人いる。その全員が二年間隔で生まれており、克明だけが直上の兄と八つも歳が離れていた。完三郎が四十六歳、千代子が四十歳のときの子だ。

「べソだけは望まれてたわけじゃないからな」

兄たちはことあるごとにそう言った。両親が計画的に子づくりしていったことを思えば、自分が想定外の子どもだったのは間違いない。

だが、兄姉の言葉は簡単に笑い飛ばせるものだった。それほど克明は家族の誰からも愛された。長兄から三男までは誰もが親のようであり、一番歳の近い四男はいつでも良き相談相手だった。

「べソ」とは兄たちにつけられたニックネームだ。すぐに泣きべソをかくからと、物心ついたときにはそうだった。

世間以上ににぎやかしい家族の中で、なんの不満もなく育ったと思う。ただ唯一、父とだけは接し方がわからなかった。若く、潑剌とした友人たちの父親に比べ、はるかに歳のいった寡黙《かもく》な完三郎は、克明にとっていつまでも雲の上の存在だった。

話した記憶はあまりないが、父はもちろん尊敬するに値した。八人家族が余裕をもって過ごせる自宅には庭園があり、悠然と耳を打つししおどしは克明の自慢のタネだった。思えば、あの時代に六人の子ども全員を大学まで通わせたのは本当にたいしたものだ。仕送りを疑ったことも一度もない。

　高校では登山部の活動に熱中し、勉強はあまりしなかった。兄姉が名古屋の国立大か京都の難関私大を卒業する中、克明だけは東京の新設私大に進学した。

　学生運動花盛りの大学生活にあって、ノンポリを気取るつもりはなかったが、覚えたてのギターの演奏に明け暮れた。実家からの仕送りと、長期休暇を利用した百貨店の仕分けのアルバイトで生活するのに充分だった。東京という街は期待に違わずおもしろく、それなりの友人たちと、それなりの毎日を過ごし、それなりの恋愛をしたこともあった。

　四年生の秋になっても生活に変化はなく、克明は就職活動の波に乗り遅れた。悠長に構えていたつもりはないが、必要以上に焦ることはもっとなかった。これまでの人生がそうだったように、どうせなるようにしかならないのだ。高度成長期真っ只中のこの国で職にあぶれるなど想像もできなかったし、事実、これまでもなるようになってしまったのだから仕方がない。

　克明が頼ったのは、兄姉で唯一東京で働く四男の雄造だった。雄造は関西に本社を置く業界紙の東京支社で働いていた。

「ベソは垢抜けたところがあるから、新しい業界で働くのもおもしろいかもな」

　雄造はコネを頼ろうとする克明を咎《とが》めるでもなく、開口一番そう言った。

「新しい業界？」

瀟洒《しょうしゃ》な洋菓子を口に運びながら、克明は首をかしげた。

インテリア系の専門記者という職業柄か、雄造はたしかに克明が見たことも聞いたこともない業界を次々とメモに書き出していく。

「これは全部紹介してもらえるところなわけ？」

「お前が希望するなら」

克明は真剣にメモの中身を吟味した。

「なぁ、兄さん。このＢＧＭ事業って何？」

たった一つ、横文字で記された業界はイヤでも目についた。それを純粋な興味と受け止めた雄造は「たしかにお前はハイカラな業界が合っているかもしれないな」と、したり顔でうなずいた。

「広告代理店って知ってるか」

「言葉くらいは」

「平たく言えば、その延長線上にある業界だ。ＢＧＭとは〝バック・グラウンド・ミュージック〟という意味で、決してメインになることのない、環境に溶け込んだ音楽のことをいう。そういったものを自分たちで制作して、レストランやデパートに営業していくのが主な事業だ。アメリカなんかじゃかなり流行《はや》ってるって聞くし、きっとこれからおもしろいぞ。そしてここなら今すぐにでもお前に紹介してやれる」

結局なんの会社なのかよくわからなかったが、〝アメリカ〟と〝音楽〟という二つのキーワードは、克明の心をガッチリとつかんだ。

大学の友人がみなフォークソングに入れあげる中、克明は一人カントリーミュージックに熱狂した。カーター・ファミリーに、チャーリー・プライド、ハンク・ウィリアムス。あの時代のアメリカとその伝統的な音楽には、克明の胸を無条件に高揚させる何かがあった。

大学を決めたときだって、父は何も言わなかった。だから、どうせ今回も……という漫然とした予想は、しかし見事に裏切られた。就職先を告げたとき、電話越しの父の口調はかなり厳しいものだった。

『学生時代なんか好きにすりゃあええ。だが、仕事はおめぇだけのこっとじゃない。養ってかなきゃならん家族のためでもあんじゃ。何を売ってるのかもわからんそんな会社、わっちは認めん』

父が進路に口出しするのははじめてだった。克明が父の忠言を無視したのもこのときがはじめてだ。

『わっちからおめぇにまで遺してやれるもんはそう多くない。今ならまだわっちの人脈で仕事を紹介してやれる。克明、戻ってこい』

それからわずか十年ほどの間に、父が経営していた布団問屋は大量生産の時代の風潮に押され、業績が悪化。培ってきたすべてを奪われるように会社を畳んだ直後に、肺炎をこじらせ、父は克明が見舞う間もなく他界した。

まるでこの展開を予想していたかのように、父が遺したものは本当に少なかった。財産のほとんどを借金のかたに取られ、わずかに残った家などの相続を巡って、あれほど仲の良かった兄姉とその配偶者たちは脆《もろ》くも疎遠になっていった。

父という太陽を失ったと同時に、周囲を回っていた惑星が散り散りになった印象だ。克明は一切の相続を放棄し、雑事から逃れた。それを「逃げ」と非難する兄もいた。

父が克明のために用意していた仕事は、地元の新聞社の事務職だった。決して派手な仕事ではないかもしれないが、県内では数少ない一流企業の社員として、たしかに安定した生活を得られただろう。どこかの時代に戻れるのだとしたら、父が忠告してきたあの日だろうか。

いや……。

克明は小さく首を振った。決してそうとは思えない。その後の人生を岐阜で過ごすなんて今からだって想像できないし、東京での生活は本当にエキサイティングでおもしろかった。

そして、何よりも自分は玲子と出会うことができたのだ。岐阜にいたらいたで他の誰かと出会っていた、そんな代替のきく存在では決してない。

振り返れば、あの出会いは人生最大の僥倖《ぎょうこう》だった。そして玲子との間にしか生まれなかった浩介と俊平は、人生を賭して作り上げた、克明の最高傑作だ。

2

就職して最初の数年間、克明は週末になると六本木の〈ペギー・ライオン〉というナイトクラブの舞台に立った。もちろんプロが演奏するわけでなく、カントリーを趣味とする人間の社交場のようなところだった。

ライブを始めて一年ほど過ぎた頃、克明にもファンがついた。若い二人組の女性は克明が演奏する番になると積極的にリクエストしてくれた。

次第に会釈くらいするようにはなったものの、なかなか話すまでには至らなかった。それでも傍《はた》から観察しているだけで、二人の人間性はおぼろげながら見えてきた。

派手に酒を呷り、煙をくゆらせ、楽しげに踊っているのはグラマラスな女だけだとすぐにわかった。

華奢で背の低い女の方はどちらかというとブレーキ役で、いつも困惑したような笑みを浮かべていた。不思議な構図と思いつつも、いつの頃からか、克明は小柄な女性を目で追うようになっていた。

そんなある日、いつになく客の多い会場で、克明はトリで、しかもはじめてソロとしてステージに立った。普段はあまり歌う方ではなかったが、例の二人組に乗せられ、気分良く数曲披露もした。

だが、滞りなく歌い上げ、最後の曲紹介をしていたときだ。はじめて目にする酔客が突然罵声を浴びせてきた。

「さっきから気持ち悪い歌ばっかりやりやがって。そんなもん、白人が演歌やってるようなもんだろうが！　日本人なら炭坑節やれ！」

一瞬、呆気に取られたものの、場内のざわめきを打ち消すために「それでは、リクエストに応えまして」と、ギターをボロロンと鳴らした。

客が安堵の息を吐いたのもつかの間、一人だけ食ってかかった者がいた。

「クソじじい！　あんた、いま何言った？　ここは六本木のナイトクラブだ。あんたみたいなモンは錦糸町《きんしちょう》のスナックにでも行きなさい！」

静まりかえる会場で、例のグラマラスな女が立ち上がった。酔客は一瞬目を白黒させたが、すぐに女に歩み寄った。女も受けて立つようにジャック　ダニエルのビンを引っつかむ。

一触即発の雰囲気に、すぐにスタッフと華奢な女が割って入った。しかし、紙一重の差で女の腕が振り下ろされると、ビンは見事に男の額に命中した。

飛び散ったガラスがスポットライトを反射しながら派手に舞った。一瞬の間のあと歓声が上がると、女はテーブルによじのぼり、割れたビンを突き上げて「ありがとう！」と叫んだ。酔っぱらうにもほどがあった。

細身の女は頬の辺りを押さえながらうずくまっていた。あわてて駆け寄り、克明は女の顔を覗き込んだ。

「大丈夫ですか？」

女はかすれる声で「平気です」と即答した。二人が交わした最初の言葉だった。

だが、そういう女性の指の間から血が流れていることに気づいていた。飛び散った破片で傷を負ったのだろう。

「いますぐ病院に行きましょう」

あいかわらずテーブルの上で高笑いしている女の腕も一緒に引っ張り、克明は近くの救急病院に車を走らせた。すぐに傷害と騒ぎ立てられることもなければ、飲酒運転を咎められることもほとんどない。そういう時代だった。

車内で、克明ははじめて二人の名前を知った。酔客の頭を殴りつけたのが本多亜希子という女子大生で、顔に怪我をした女は森上玲子と名乗った。

「二人とも花の二十二歳でーす」

亜希子は自分が友人に傷を負わせたことなど気づきもせず、屈託なく笑っている。

病院で玲子が処置を受けている間、酔いのさめてきた亜希子は、「私とんでもないことしちゃったのよね？」と、はじめて顔を青くさせた。

何度もソファから立ち上がり、途中、公衆電話で誰かと話したりして、亜希子は終始落着かなかった。

頬を二針縫う処置を受け、三十分ほどして玲子が部屋から出てきたとき、見計らったように克明と同年代の男が病院に駆け込んできた。

品の良さそうなアイビールックのファッションに、髪をしっかりと七・三に固めた男は、心配するより先につぶやいた。

「何やってんだよ、お前」

いまでもあの日のことを思うと胸が痛む。自分以外の誰かが、玲子を「お前」と呼ぶ場面に遭遇したのだ。

「お前は？」

男は克明にも憮然とした視線を向けてきた。克明は淡々と自分の立場を説明した。逃げるつもりもなかったが、必要以上のことを口にして玲子を窮地に追い込むつもりもなかった。

なぜか克明は自分の経歴まで事細かに説明させられた。勤める会社から職種、出身大学に、実家の家業に至るまで。男は自分から説明を求めておきながら、常につまらなそうな顔を浮かべていた。そして自分のことについては、結局最後まで口にしなかった。

「うちの大学の医学部の五年。私が呼び出しときながら言うのもなんだけど、つい最近までフリーセックスの申し子とか言ってた最低なヤツ。家も病院のボンボンよ」

教えてくれたのは亜希子だった。玲子だけを乗せたＢＭＷが消えるのを見届けたあと、亜希子は地団駄を踏んで吐き捨てた。

「クソ食らえ！　私たちも乗っけてけっていうんだ！　ああ、腹が立つ。ねぇ、若菜さん。飲み行こう。私まだ全然飲み足りない」

「でも、もういい時間ですよ」

さすがにくたびれ果て、克明はこれ見よがしに腕時計を見やった。亜希子の方は一切意に介した素振りを見せず、「明日休みだから大丈夫」と応える。そして、どこか意地悪そうに克明の顔を覗き込んだ。

「あなただって、もっとあの子のこと知りたいでしょ？　だから、行こうよ。今日のお詫《わ》びに私がおごる」

再び車で六本木に戻り、強引に連れていかれた亜希子行きつけのホテルのバーは、ほとんどの照明が落とされ、紫煙だけがうっすらと浮かんでいた。

亜希子は臆することなくカクテルを注文し、グラスをかたむける。克明の方は一体一杯いくらなのかと怯えながら、ちびちびとウイスキーを舐めた。

溜池《ためいけ》方面に開けた窓に、東京の夜景が広がっていた。そこかしこに見えている建設途中の高層ビル群に、何かが始まりそうなパワーを感じた。眼下にそれらを見下ろすことで、自分が偉くなった気にもなれた。

亜希子の独白はいつ尽きるともなく続いた。六歳の頃の玲子との出会いから、その第一印象、最近の付き合いに至るまで。あけすけに語る亜希子の話には、たしかに興味深いものがいくつもあった。

とくに克明の興味を引いたのは、玲子の父親が多額の借金を作って夜逃げし、私立の学校を退学しなければならなかったという話だった。それと、〈ペギー・ライオン〉に通うのが、どちらかといえば玲子の意思によるものということ。

今にも寝てしまいそうなトロンとした目で、亜希子は言った。

「あなたがいつもあの子を見てるの、あの子だってちゃんと気づいてる。ねぇ、奪っちゃいなさいよ」

限界はとっくに超えていそうなのに、そうすることが義務のように亜希子は酒を胃に流し込む。

「奪うって、何を？」

他に答えようがなかった。亜希子はそれを無視し、はじめて逡巡する表情を浮かべた。

「直接的にではないんだけど、あの子にさっきの男を紹介したの、私なんだよね。気が合うわけないのに、いつの間にか付き合い始めてさ。男は女遊びはやめたなんて言うけど、そんなの信じるほどこっちもお人好しじゃないし」

亜希子の話は行ったり来たりを繰り返しながら、少しずつ核心に迫っていく。

「あの子、決めつけちゃってると思うんだよね。借金でお父さんが消えて、家を奪われて、家族や友だちともバラバラになっちゃって。だから、お金があることが自分の幸せだって疑ってなくて、昔から変な男のことばかり好きになる。いや、べつに好きになんてなってないんだ。言い寄られるまま付き合うのは、決まってそんなヤツだった」

「でも、実際そういう男が女性を幸せにしてくれるんじゃないんですか。僕なんて大学もたいしたとこ出てないし、会社だって」

「そんなの関係ないよ。私なんか親が決めた人としか結婚できないんだもん。あの子は少なくともそういう人がいないんだから、結婚くらい好きな人としたらいいいんだよ。金があろうがなかろうが、人を幸せにするのは結局は人でしかないんだから」

克明が何も言えないでいると、亜希子はズブロッカという酒を二杯注文した。克明の知らない世界をきっとたくさん知っているのだろう。はじめて目にする酒を前に、克明は気後れする。

「そういえば、若菜さんって何かあだ名あるの？」

思い出したように笑いながら、亜希子は話題を変えた。

「どう呼んだらいいのかなって。克明さんじゃ味気ないでしょ」

「でも、そんなもんないですよ」

「そう。じゃあ、〝ニコちゃん〟って呼んでもいいかな？」

「ニコ？」

「うん、私たち実はこっそりそう呼んでるんだよね。玲子が考えたんだ。いつもニコニコ笑ってるからニコちゃんなんだって。芸がないけどね」

かつての「ベソ」とは正反対のネーミングだ。克明が面食らっていると、亜希子は決めつけるように口にした。

「私が責任もって二人をくっつけてあげるから。玲子があんなふうに積極的なの、本当にめずらしいことなんだ。あんなボンボンにカワイイ玲子は預けられない。私がニコちゃんの恋のキューピッドになってあげる。約束するよ」

亜希子は本当にその約束を遂行した。亜希子に連れられて玲子が再び〈ペギー・ライオン〉を訪ねてきたのは、事件があった日から一ヶ月ほど過ぎてのことだ。

二人の登場にナイトクラブのスタッフは眉をひそめたが、克明の心は躍った。一ヶ月間、何度も期待しては、何度も諦めたはずなのに、包帯の取れた玲子の顔を見た途端、胸がポンと跳ねあがった。

それからは敷かれたレールの上を行くようだった。玲子との仲はトントン拍子に進んでいった。週に一度の〈ペギー・ライオン〉での逢瀬《おうせ》は、やがて週末の間、そして平日もお互いの会社が終わったらと、日を追うごとに増えていった。

だが玲子と付き合い始め、三ヶ月ほど過ぎたある土曜日のことだった。めずらしく客席がまばらな〈ペギー・ライオン〉での演奏を終え、駐車場に出ると、聞き覚えのある声が耳を打った。

「あ、こいつだ。やっと見つけたよ」

いつか愛宕《あたご》の病院で対面した医大生が仲間を引き連れ、克明を取り囲んだ。

「テメー、なに他人様《ひとさま》の女に手出ししてんだよ？」

取り巻きの一人がすごむように言う。克明が何も答えずにいると、背後からいきなり蹴りが飛んできた。

それを皮切りに四方八方から手が伸びた。四人の男にボコボコにやられている間、不思議と不快な思いはしなかった。この一発一発が晴れて玲子と一緒になれることに近づいている気がして、嬉しいくらいだった。

どれくらい時間が過ぎたのか。しびれを切らしたように、件《くだん》の医大生が口を開いた。

「なぁ、土下座しろ。そうしたら水に流してやる。玲子のことは諦めてやる」

玲子とか呼ぶなよ、と内心思ったくらいで、このときも屈辱めいたものは感じなかった。もしあの瞬間に抱いた感情があったとすれば、それは優越感に他ならない。

自分は世界中の誰に土下座されても玲子を譲るなんてありえない。この程度で諦めてしまうのかと拍子抜けするほどだった。克明は一秒で膝をついた。すぐに下衆な笑いが降ってきたが、克明の人生の後にも先にもない、最高に誇らしい土下座だったと思っている。

その出来事があって以来、玲子との距離はさらに近づいた。通信会社で事務仕事をする玲子も決して高給取りではなかったが、二人は時間と金の許す限り遊び回った。銀座、新宿、六本木と、目まぐるしく姿を変える東京の街は、そこに立っているだけでも時代の息吹が感じられた。あの時代の東京は本当に楽しかった。

「そろそろ結婚したいと思うんだ」

そう言葉にしたのは、克明が二十七歳のとき。エリック・クラプトンの来日コンサートを観た直後の赤坂東急ホテルのラウンジだった。

想像以上の緊張に襲われ、思わず声が大きくなった。

その頃から急に多く見かけるようになったヤクザの一人が、「いいね。カッコいいね、兄ちゃん」と、背後から茶々を入れてくる。

一瞬また絡まれるのではと身構えたが、四十歳くらいの強面《こわもて》の男は「俺、そういうのにホントに弱くてよぉ」と顔をくちゃくちゃにほころばせ、突然ウェイターを呼び止めて、シャンパンを注文した。克明たちがまごつく間もなく、即席の大宴会に突入した。

次々と呼び集められる見るからにそれとわかる男たちが、ひっきりなしに克明のグラスに酒を注ぐ。見たこともない高級酒を水のように流し込み、飲めない玲子が困惑すれば、迷うことなく助太刀した。

「いいね、兄ちゃん。奥さんが困ったらそうやって助けてやらなきゃダメだぜ。最初だけいい格好するなんて嘘だからな」

輪の中で一番恰幅《かっぷく》のいい強面の男は、ふとしたことに感動した。

「なぁ、兄ちゃん。これから日本はすごいことになるぞ。死ぬ気で働いたヤツが死ぬほどの金を得るんだ。いい家に住んで、うまいもん食ってさ。奥さんのこと楽させてやりなよ」

その十数年後、たしか三好に家を買う直前だった。克明は男の顔を新聞で見た。大手銀行と結託した地上げを伝えたものだった。

それまで生きてきた中で交わりようのなかった男たちが、克明と玲子を祝福した。ひょっとすると人生で一番幸せな夜だったかもわからない。

少なくともこれ以上幸せな日が来ると、このときは想像もできなかった。

3

岐阜で式を挙げ、東京で披露宴を行い、新居は晴れて自由が丘に構えた。お互い会社に通うのに決して便利なわけではない、オンボロのワンルームアパートで、家賃は四万二千円。克明の給与が九万円だった時代にだ。家に対する執着はあの頃からきっとあった。

新婚旅行には式から一年後の秋口に出かけた。玲子はハワイに行きたいと主張し、克明も高校時代に合宿で行った信州の蓼科《たてしな》に行くことを譲らなかった。

食事の味付けや、それに文句を言う克明の性格が、少しずつ夫婦ゲンカのタネになっていた時期だ。このときも信州かハワイかをめぐって信じられない大ゲンカを繰り広げた。

克明が蓼科を望んだのは、学生時代に見た素晴らしい雲海を玲子にも見せたいと思ったからだ。もちろん、結婚式や新生活に出費が重なった時期でもある。たかが五泊の旅行のためにハワイに行く余裕はなかった。

亜希子を筆頭に、玲子の友人には暇さえあれば海外に行く人が多かった。他人は他人、彼女たちにない幸せが自分たちにはあると、克明は意に介さなかったが、玲子は何かというと周囲と自分を比較し、うらやましがった。

国内旅行と海のそばという折衷案から、行き先は東伊豆に落ち着いた。宿の女将《おかみ》に勧められるまま、夜も明けきらないうちに崖を登る。月が海面にキレイな道を作っていた。

「ムーンロードっていうんだよ。父が教えてくれた少ない知識の一つ」

ハワイじゃないことを最後まで渋り、憮然とし続けていた玲子も、このときばかりは柔らかな表情を浮かべていた。

「いま幸せ？」

圧倒的な光景と、二人きりの世界に酔ったのだと思う。その言葉を恥ずかしいと微塵も感じないほど、眼下に広がる景色は圧巻だった。

だが、克明の質問に玲子は首を振った。想定外の反応にドギマギしていると、玲子は首を振りながら、うっすらと微笑んだ。

「幸せかどうかは、いつか死ぬときにしかわからないんだと思う。いまを幸せがってる人を、私はあまり信用できない。一つ一つ積み重ねて、たとえそれが何歳のときだったとしても、私は最期に笑って死んでいきたいな」

あの夜、玲子がどんなつもりでそんなことを言ったのかわからない。たしかなのは、彼女が幸せに対して人より少しだけ貪欲《どんよく》ということだ。

克明が幸せと感じるいちいちのことが、玲子には過程でしかなかった。彼女の口から「幸せ」と聞いたのは、後にも先にも一度しかない。六年に及ぶ不妊治療の末、ようやく浩介を授かったときだけだ。

克明は玲子の前でよく泣いた。映画を観て、音楽を聴いて、ケンカをして、嬉しいことがあって。浩介が産まれてきたときも大泣きした。もちろん俊平が出てきたときにも涙は出て、そんな克明を、玲子は呆れたように戒めた。

「ねぇ、パパ。もうちょっとしっかりしてよ」

こんなに幸せなことが他にあるかよ！　と心の中で反論しつつも、たしかにちょっと泣きすぎかもしれないなと、つい同意もしてしまった。

克明の手の中で俊平はよく泣いた。玲子だとケラケラとよく笑うくせに、克明が抱いた途端に泣くのだ。

病院の個室で、浩介が必死に背伸びして、大泣きする俊平の顔を覗き込んだ。

「かわいそうだね。ぼくたちが守ってあげなくちゃね」

早くもお兄ちゃん風を吹かせる浩介を見やり、克明はボンヤリと思った。ああ、そうだ。自分がしっかりしなくちゃいけないんだ。家族の前では泣いてちゃダメだ。せめて家族の前では「ニコ」であらなきゃ――。

もちろん普通の家族程度に問題はあった。だけど俊平が反抗期を迎えたときも、浩介が部屋に引きこもったときでさえも、それぞれの成長が感じられて克明は嬉しかった。子どもたちが家を出ていったことも、それまでの自分のがんばりが一つ報われたようで喜んだ。克明はいつも幸せだった。

たとえば三好に家を買ったことだって、少しも後悔していない。玲子はまるで克明の独断とばかりに家を買ったことを責め、浩介は「身の丈に合わない買い物を」と、俊平も二言目には「時代の感覚を信じすぎ！」と煽るが、生涯一度のあの決断をどうしても後ろめたいものにしたくない。

気づかぬうちに膨らんでいた借金はもちろん苦しかった。この程度と目論《もくろ》んだ出費はいつも予想を超え、当然得られると見込んでいた収入はみるみる落ち込み、返せるはずの借金はなかなか減っていかなかった。玲子に頼るのも、いつからか当たり前のようになっていた。

だけど、必ず抜け出せるとも思っていた。すべてを返済し終え、すっかり茶ばんだ雪見障子を見ながら、「あの頃はしんどかったな」と玲子と笑う日が来ると信じていた。

もしも人生をやり直すことができるとして、それでもどの時点にも戻りたくないと思うのは、果たして負け惜しみなのだろうか。

玲子が言った「幸せかどうかは、いつか死ぬときにしかわからない」という言葉は、そんな生活の渦中にあって、逆に克明を勇気づけた。

だが、はるか先と思っていた「いつか」は、唐突に目の前に横たわったのだ。玲子が発病してからのこの一週間は、ほとんど生きている心地がしなかった。

「ねぇ、笑おうよ。お父さん」

病院から家に戻され、相変わらず目の焦点が合わない玲子が言ったのは、一昨日の夜のことだった。懸命に笑い方を思い出そうと努めていた矢先、俊平が「旅にでも行ってこい」と提案してくれた。浩介にも相談しなきゃと思っていると、俊平は「兄貴とも相談したんだけどさ」と付け足した。

結局、自分は彼女によってしか救われないし、子どもたちにしか生かされない。家族がいなければ家なんて買わなかっただろうけど、家族がいなければあんなふうにはがんばれなかった。俊平がよく言う「家族のため」なんかじゃない。家族の幸せこそが自分の幸せだと信じる、「自分自身のため」だった。

数十年ぶりに買ったタバコの封を開け、喫茶店でもらったマッチで火をつける。ゆっくりと吐き出した煙は、沖からの風に吹き飛んだ。

自分が彼女にしてやれることは一つしかない。たとえ「いつか」が来週であろうと、五年後であろうと、三十年後であろうと、明日であったとしてもだ。「幸せだった」と、笑って逝かせてやることだけだ。

ムーンロードが消え、夜が白々と明けていく。伊豆の島々が水平線上に姿を現し、赤々と燃える太陽が昇る。希望だけに胸を膨らませていた頃と何も変わらない光景だ。

克明は唇を嚙みしめた。そのとき、持っていた携帯が震え出した。立て続けに三件もメールが入ってきた。

状況が状況だ。誰から送られてきた、どんな内容のものか。一瞬躊躇したが、旅立つ直前のいくらか元気な玲子の姿を思い出し、首を振る。

息を吸って、携帯を開いた。一件目は浩介からのものだった。

『お父さん、そろそろ帰ってきてよ。出番だよ。でもくれぐれも気をつけてね』

胸の高鳴りが収まらないまま、先を急ぐ。二件目は俊平からだ。

『いつかは団塊はすっこんでろなどと言ってすいませんでした！　僕たち、私たち、もうヘトヘトです！』

そして、最後。宛先も確認せずに開いたメールは、まさかとは思ったが、玲子からのものだった。

『きのうはこどもたちがやきそばつくってくれました。とてもおいしかったです。目をさましたらあなたがいませんでした。とてもふあんです』

普段、迎えを頼む克明からのメールに、玲子は『はい』か『了解』かでしか返してこない。そうでなくても、さすがにメールなど打てる状況ではないはずだ。

その疑問に答えるように、同じメールの文末に『ここから俊平↓』とあり、こんな説明が記されていた。

『なんかオフクロ、見違えるように元気。メールも自分で打ちました。一時間くらいかかってたけど（笑）』

すべての文面を繰り返し読み、克明は「羨ましいな」とつぶやいた。自分以外の三人が同じ屋根の下にいる。きっと冗談を言い合っては、三人で笑っている。俊平が盛り上げて、浩介が突っ込み、玲子はニコニコと微笑んでいる。みんなに腐されるピースだけが、家族のパズルに足りていない。

さぁ、帰らなきゃ——。何かがポンと底を打ち、克明は腰を持ち上げた。東の空に浮かんだ太陽が海面を真っ赤に染め直す。

生活に追われ続け、銀婚式も還暦祝いもやれていない。今度は玲子とここに来よう。

「ああ。でも、そうか」

克明は独りごちて、小さく笑った。

あいつは伊豆よりもハワイだった。そして二人きりではなく、家族みんなでのにぎやかなのが好きなのだ。

それが前の家族とは離ればなれになってしまった彼女の、たった一つの夢なのだ。

4

三好の駅に降りると、ホームに見知った姿があった。まるで魔女のように着飾った亜希子に、克明は目を疑った。

「ああ、ニコちゃん。久しぶりだね」

亜希子の方から声をかけてきた。

「何やってんの？　こんなとこで」

克明はたどたどしく応える。出会った頃から四十年が過ぎた。くっついたり、離れたりしながらも、亜希子は今でも玲子の一番の友人だ。

「俊ちゃんには来るなって言われたんだけどね。いてもたってもいられなくて。ねぇ、お金は大丈夫？　治療費出すからさ。足りなかったら言ってよね」

亜希子はさらりと口にした。ありがたい申し出には違いないが、克明は毅然と首を振った。どんなにつらくても玲子は友人にだけは泣きつかなかった。彼女は対等でいたかったのだ。学校を追い出されたときの引け目を二度と抱かせたくない。

ベンチに座って、克明は玲子の容態について説明した。

「よかった。もっと深刻そうな顔してると思ったけど」

克明をマジマジと見つめ、亜希子は息をついた。唐突に話題を変えられ、一瞬面食らったが、すぐに克明も苦笑する。

「子どもたちに猶予をもらったんだ」

「猶予？」

「うん。いろんなことを考えてきた。自分のやるべきことを見つけた気がする」

亜希子は呆けた仕草を見せたが、すぐ思い出したように微笑んだ。

「ニコちゃんがどこで何を悟ってきたのか知らないけど、そんな難しいことじゃないでしょ。まだ足りない。もっと笑わなきゃ。あの子は笑ってるあなたが好きだったんだから」

上り電車のアナウンスが流れると、亜希子はおもむろに立ち上がった。「ちょっと。顔くらい見てってやってよ」という克明の申し出に、「みんないるんでしょ？　やっぱりやめとく」と目を伏せる。

電車に乗る間際、亜希子は一度だけ振り向いた。

「あの子に死ぬなって伝えといてね。一緒にハワイに行く約束だってしてるし、新しくなった六本木にも行けてない。私たちはまだ全然遊び足りてないんだから」

そう、目を真っ赤に潤ませて言い切った。

他に誰もいないシャトルバスに乗り、家に戻ると、真っ先に寝室に飛び込んだ。玲子は半身を起こして、必死に日記帳に何かを書き込んでいた。調子は悪くなさそうだが、克明の帰宅を喜ぶでもなく、持ったノートは上下逆さまになっている。

「ありがとうな。時間をくれて」

付き添っていた浩介の肩に手を置いた。浩介は二度、三度首を振るだけで「ちょっと話があるんだけど、いいかな」と逆に問いかけてきた。克明が「ああ、どうした」と答えたとき、寝室の戸がノックされた。

「ああ、オヤジ。帰ってきたか。ちょっと時間いい？」

今度は俊平だった。その言葉にも強い意志がこめられている気がして、浩介に顔を向ける。浩介はわからないというふうに首をすくめた。二人の話は別物のようだ。

寝室の脇にある洗面所で、先に俊平と向き合った。

「俺、色々考えたんだけどさ。……っていうか、その前に訊いときたいんだけど」

「なんだ？」

「オヤジのやってる仕事って、将来性ある？」

俊平が言おうとしていることはすぐにわかった。より著作権管理に厳しくなるこれからの時代において、決して将来性に乏しい事業とは思っていない。この十年で押さえてきた映像や音源のコンテンツは近く必ず花開くはずだと信じている。でも……。

少しだけ思案するフリをし、克明は首を振った。子どもたちにはまず安定した生き方を選んでもらいたい。あと十年は一人でだって戦えるはずだ。一緒にやるのはそれからでも遅くはない。

「決してそうは思えない。正直、俺とお母さんの二人が食べていくので精いっぱいだ。お前を引き入れる余裕はない」

克明が言うと、俊平は意地悪そうにほくそ笑んだ。しばらく考える仕草を見せ、突然ポケットから茶色い封筒を取り出した。

「俺、なんやかんやオフクロに三十万くらい借りてたと思うんだ。で、これはそれとは別に俺が何年も定期で貯めてた金。借りて貯めてちゃ意味ないんだけど、いつか居酒屋でも開きたいと思ってさ。どっちにしても解約しちゃったから、オフクロに返す」

強引に手渡された厚めの封筒には札束が入っていた。「こんなの、受け取れるわけないだろう」と憮然としかけて、言葉が途切れる。

当然一万円札と考えていたものはすべて千円札だったのだ。数十万の封と思っていたものは、多くても四、五万円程度にすぎなかった。

月々千円ずつ貯めていたということか。冗談のつもりか、本気なのかは知らないけれど、俊平は大真面目に続ける。

「正直、こんな時代で飲食がきついのイヤというほど見ちゃったし、だったらもう使い途《みち》がないんだよね。それに、俺の人生も結構迷いもんでさ」

「だからって。まずはちゃんと大学を卒業して、就職してだな」

「実はもう大学もやめてきちゃったんだ」

「は？」

「というか、これはオフクロの病気とか、オヤジが貧乏とか関係なくて、百パーセント自分の問題なんだけど、単位も全然足りなくてさ。オフクロが悲しむのが一番ネックだなって前から思ってたんだけど、幸か不幸かちょうどいま壊れちゃってる状態なわけだし。学費を無駄にしてすまないとは思ってるけど」

俊平は吹っ切るように笑ったが、克明はついていくのもやっとだった。俊平はトドメとばかりに口を開く。

「俺は基本的にビジネスマンとしてのオヤジをまったく信頼してない。だからオヤジが将来性ないって言うなら、逆に一緒にやりたいなと思ってた。さっきも言ったけど、人生に行き詰まってるのは結構マジだから。自分の食いぶちくらい自分で稼ぐから、オヤジの会社で雇ってもらうことできないかな」

「だから、その」と言ったまま、それ以上の言葉が出てこなかった。俊平は満足げにうなずいて、「ま、考えてみて。ダメって言うんならなんか探す」と言い残し、足早に自分の部屋へ入っていった。

入れ替わるようにして、今度は浩介が寝室から顔を出す。

「いい話じゃないの。完璧に営業向きでしょ、あいつの性格は」

そう言った浩介もいつになく清々《すがすが》しい表情をしている。

「だからって急に」

「あいつにとっては急ってわけじゃないと思うよ。こんな出来事がなくても、いつかは言い出してた気がする。実際、いまのあいつは頼りになるよ。ハッキリ言って、お父さんなんかよりずっと。あいつがいて良かったって、今回はじめて思ったよ」

恥ずかしげな素振りも見せずに言うと、浩介は自分の番とばかりに顔を上げた。

「俺、お父さんを破産させせようと思ってるから」

一字一句区切るように、でも浩介は単刀直入に口にした。もちろん、その意味をちゃんと汲んだ上で話している。それはイコール自分にも負債が及ぶということだ。

咄嗟《とっさ》に言葉が出てこなかった。突然の申し出に頭の中が真っ白になる。浩介は自分に言い聞かせるように繰り返した。

「うん、破産させる。やらなきゃならないことがたくさんあるから、しばらく時間はかかると思うけど、俊平や弁護士を交えてまた話し合おう。大事なのは家じゃなくて、家族なんだ。俺はそれを履き違えてたよ」

浩介は克明の言葉を求めようとしなかった。ただ難しそうに首をかしげ、最後は深くうなずいて、俊平を追うように部屋へと戻った。

子どもたちが突然差し伸べてきた希望は、もちろん簡単に胸を弾ませられるものではなかった。ふと目を向けた洗面所の鏡に、やつれた初老の男が映っている。目の下にクマを作り、頰はゲッソリと痩せこけ、深い皺を刻んだ男の顔に「ニコ」と呼ばれた頃の面影はない。

ねぇ、笑おうよ。お父さん――。

玲子が口にした言葉を皮切りに、崖の上で至った思い、ホームで亜希子に託された伝言が順に脳裏を過ぎる。

笑え、笑え、いいから笑えよ。鏡の男に命令する。

とにかく笑え！　子どもたちの成長を目《ま》の当たりにした。こんな嬉しいことが他にあるか。

強《こわ》ばった笑みを無理やり浮かべて、再び寝室の戸を開けた。しかし、あいかわらず日記帳を逆さまに持つ玲子を前に、作った表情は脆くも崩れた。

あふれ出した涙を拭う間もなく、克明は玲子を胸に抱いた。なぁ、お前はいま幸せじゃないのかよ？　みんなが同じ家にいる。子どもたちが俺たちを支えてくれる。それだけじゃまだお前は幸せと思わないのか？

その問いから逃げるように、玲子はするりと克明の腕をほどいた。穏やかな表情を浮かべたまま、窓に視線をやる。風に揺れるカーテンの袖から、三好を囲む山並みが見えている。

玲子は再び何かをノートに書き取り始めた。その姿を呆然と見やりながら、克明はもう一度だけ無理やり笑みを作ってみせた。

すると、ほんのかすかに玲子の表情にも変化があった。今度は見せつけるようにして笑ってみせると、調子を合わせるように、玲子もハッキリと微笑んだ。

玲子があとどれくらい生きられるのか想像もできなかった。だが、残された時間に限りがあることだけは絶対だ。

泣いている暇はない。残された時間はみんなで笑って過ごそう。

玲子に最後に微笑みかけ、さぁ俺がやる番だと、克明は一人覚悟を決めた。

5

俊平が「女子医大の教授の絶対何か」と形容した女性医師は、なるほど、息をのむほどの美人だった。

三十五歳くらいだろうか。俊平の言うように様々な立場を想像させる一方で、申し訳ないがこんな若い人に任せて平気なのかという不安もあった。

「伺っていた状況より調子は良さそうですね」

一通り説明を終えると、君島という医師は玲子に微笑みかけた。克明と俊平にはさまれた玲子は力なくうなずく。

「先生、私どうして自分がここにいるかよくわかってないんです。この数日のことをほとんど覚えてなくて」

「病気でしたからね。仕方ないですよ」

「それが信じられないんですよね。自分が病気になったなんてまだ信じられなくて」

目に力はないが、やり取りだけ見れば病気であることが嘘のようだ。事実、三好の病院を出て、この高輪台中央病院に入るまでの三日間に、玲子の様子は劇的に正常に近づいた。

突飛なことを言うことはほとんどない。今朝も「食べたいものは？」と訊ねると、「鍋焼きうどん！」と好物を即答した。そのとき浮かべた笑みは克明が昔から知るもので、朝から鍋焼き？　という不安はあれど、すでに完治しているのではと勘違いさせる力があった。

「先生、私ってガンなんですよね？　なんの病気か誰も教えてくれないんです。私、死ぬんですよね？」

いくらか君島に心を開き、玲子は非難めいた調子で言う。バレないように首を振る克明を横目に、君島は困ったように息をついた。

「今の段階ではなんとも言えないんですよ。検査して、どうして具合が悪いのか突き止めましょう。どんな病気であれ、最後は治すんだという気力がものを言いますから」

それでも不満げに首をかしげる玲子を俊平が連れ出して、克明が一人ナースステーションに残った。

「ご主人、まずはガンであることをきちんとお話しした方がいいですよ。最近は告知すべきかどうかさえ医学界の議論の対象ではないんです」

「それもうかがってはいるのですが」

「いずれにせよ、いつかは言わなくちゃならないことなんですから」

ため息を漏らす君島に、しかし克明はうなずくことができなかった。玲子の人間性を思えば告知が正解とはどうしても思えない。病気に対する彼女の怯え方は異常なほどだ。すぐに思い悩んでしまう性格を考えれば、プラスに作用する気はしなかった。

「まぁ、そこはご家族の問題ですので、あまり首を突っ込むつもりはありませんが」

君島はそこで話を打ち切り、今後の流れについて説明を始めた。これから行うＭＲＩの結果を見た上で、三日後に生検術という手術をすること。それは側頭部に豆粒ほどの穴を開け、ガン細胞の一部を取り出して検査するものだということ。

「頭に穴を開ける」という言葉にたちまち不安を覚えたが、「大丈夫ですよ。そう難しい手術ではありません」と君島はキッパリと言い切る。

よほど強ばった表情をしていたのだろう。ようやく前向きな治療が始まろうとしている。やっとここに辿り着いたんだと、克明は自分に言い聞かせた。

玲子があてがわれたのは東京タワーを一望できる最上階の個室だった。大部屋の空きが少ないことに加え、失語の再発による他の入院患者への影響を考慮した。結局、俊平から預かった五万円に助けられた。

東京の瞬くネオンに、玲子ははじめ手放しで感動していた。が、散々夜景を堪能し、充分に悦に入った頃、ふと顔をしかめた。

「ねぇ、なんかおかしくない？　なんでこんな素敵な部屋に入れるのよ？　私、死ぬんじゃないの？　だからこんな部屋に入れてくれるんでしょ。冥土の土産ってやつだ」

子どもたちは一瞬呆けた表情を浮かべたが、壊れた母を知るいまの二人はそれくらいのことではへこたれない。

「はぁ？　超ウゼーんすけど。他の部屋が空いてなかったからに決まってるじゃん。誰が好きこのんでこんな部屋にするかよ。他が空いたら二秒で移すわ」

俊平がケラケラ笑って言えば、浩介も弱ったように眉をひそめる。

「っていうか、半分はお父さんのためなんだけどね。毎日三好から通わせられないし、個室なら遠慮なく泊まることできるでしょ。ホテル代わりだよ」

弁当を食べ終えると、まず俊平が「デートだから」という嘘っぽい言葉を残して去り、しばらくすると浩介が「また明日顔出すよ」と立ち上がった。

二人きりにさせられたと同時に、部屋には寂しさが立ちこめた。振り向くと、玲子はこちらに背を向け、再び窓の方を眺めていた。

しばらくしてから隣に歩み寄り、同じように窓の外を見つめた。借景のように広がるホテルの庭園が、夜霧に濡れている。「キレイだね」と言った玲子の肩を抱いた。玲子はそれに気づかない振りをして窓の外を見続けた。

　二十一時を回り、玲子が小さく寝息を立て始めた頃、部屋を案内してくれた看護師が顔を出した。

「こんな時間にすみません。君島先生が呼んでいます。ナースステーションまでいらしていただけますか」

「ええと、それは僕がですよね？」

「ええ。奥さんの様子は私が見ていますので」

　笑顔の看護師に見送られ、ナースステーションを訪ねると、君島は電光式のホワイトボードを真剣な表情で見つめていた。写真をボールペンでなぞったり、難しそうに首をひねったりしながら、克明が来たことに気づく気配はない。

「あの、先生？」

　克明はおずおずと声をかける。君島は不意を衝かれたように肩を震わせた。

「ああ、若菜さん。お呼び立てして申し訳ありません」

　化粧が落ち、クマの張った表情に、日中の妖艶《ようえん》さは微塵もなかった。君島は気を取り直すようにかぶりを振る。

「大変申し訳ないのですが、三日後の手術を明後日に変更させていただきたいのですが、構いませんか？」

「え、ええ。もちろんこちらは構いませんが」

「ちょっと想定外の事態になっておりまして」

「想定外？」

「はい、奥様のご様子がこちらが予想していたよりも……。いえ、説明するより先にこちらをご覧いただけますか」

君島はホワイトボードの灯りを再び点《とも》した。浮かび上がったのは幾分はっきりと写っているものの、三好で何度も目にした脳の輪切り画像だ。

「今日撮らせていただいた奥さまのＭＲＩです。おわかりになりますか？」

老眼鏡をかけて、克明はすぐに気がついた。明らかに腫瘍の数が減っているのだ。というよりも、すでにどれが腫瘍なのかわからないほどだった。

奇跡が起きたということなのか？　逸る気持ちを抑え、克明は訊ね返す。

「影がほとんどなくなっていますよね？」

「そうなんです。おそらく前の病院でやったステロイドが効いているのだと思われます」

「それは、我々は喜んでいいということなのでしょうか。つまり、妻は快方に向かっているという……」

「いいえ、若菜さん。大変申し上げにくいのですが、これは一般的には喜ばしい状況とは言えません。というのも、これから行う生検術というのは、脳内にできたガン細胞の一部を採取してくるものなんですね。この段階で腫瘍が小さくなってしまえば、当然その分検出が難しくなるわけです。奥さまのＭＲＩを見ると、腫瘍がかなり縮小してしまっており、手術は難しいものになると言わざるを得ません。ですので」

「ちょっ、ちょっと待ってください。ここまでの段階でいくつか質問があるのですが、先にいいですか？」

　克明は必死にペンを走らせながら、話を止めた。君島は「もちろん」と二度、三度とうなずく。

「まず今の状況が続くということはありえないのでしょうか？　実際、腫瘍はほとんど消えてしまっているわけですよね？　妻の調子もすごく良さそうですし。だったら無理してその生検とかいうのをやらなくたって」

「いいえ。そうじゃないんです。ステロイドというのは抜本的な解決が期待できるものではなく、言うなれば虫歯のときに飲む鎮痛剤のようなものなんです。一時の痛みから逃れることはできるかもしれませんが、虫歯が治るわけじゃありません」

「では、今の正常な状況は一時的なものでしかないということですか？　またすぐに元に戻ってしまう？」

「残念ながら」

「だったら、なんで三好の病院でそんな処置をしたんですか？　歯医者に行って鎮痛剤もらうのと変わりないってことじゃないですか」

「失語の症状が見られたときにステロイドを入れるのは一般的には間違いじゃないんです。ただ悪性リンパ腫の疑いがある場合は、たしかにステロイドをやるべきじゃないという考え方が最近は出てきています。何より先に細胞を採取してしまわないと、今回のように手術が困難なものになりかねませんので」

「じゃあ、誤診だったということですか」

「かばうつもりはありませんが、まだまだ症例の少ない病気であることも事実です。たとえ中枢神経系のリンパ腫という判断に及ばなかったとしても、責められるものではないと思います。とくに地方の病院ともなると、それは」

いつの間にか目の前の医師を責め立てる口調になっていた。

「それで、実際のところ家内の手術は行えるのでしょうか。困難になってしまったことは事実なんですよね」

「ええ。お越しいただいたのはそのためです」

君島はどこか言いにくそうに眉間に皺を寄せたが、粛々と続けた。

「先ほどもご説明させていただいた通り、生検術とは細胞の一部を採取して病気を特定するためのものです。ほとんどの場合、単純な手術で済ませられるのですが、奥さまの場合はやや深い部分に腫瘍が集中していることに加え、やはりほとんど消えかかってしまっているので、かなり難しいものになると思われます」

話が不意に途切れた。克明の視線から逃れるように、君島は一度ホワイトボードへ顔を向ける。

「これは私の力量の問題だと思っています」

答えともいえない言葉を口ずさんで、君島は振り払うようにこちらを向けた。

「手術は日本女子医大の木下教授に執ってもらうことにしました」

「えっ？」

「息子さんはお会いしているはずですが、腕のいいことだけは私が保証します。先ほど電話で所見を伝えた上で相談したところ、明後日の夕方ならばという回答をもらいました。早ければ早いほどたしかな結果を得られますし、こちらとしても願ってもないことだったので」

「でも、そんなことが可能なんですか？　系列の病院というわけではないんですよね？」

「夫なんですよ。かつての」

迷う様子も見せず、君島は言い切った。

「こちらの手に負えない手術のときや、向こうの人手が足りないときに助け合うのはわりとよくあることです。ただ、どんな名医が執刀したとしても、百パーセント安全な手術はありません。とくに脳の場合は少しでも神経を傷つけてしまえば、記憶などに悪い影響を及ぼす可能性があります。今回はとくに簡単なものではありませんし、手術を行わないという選択もありますので、まずはこちらをよく読んでもらった上で、息子さんたちともよく相談されてサインをいただけますか」

君島は再び厳しい表情を取り戻すと、卓上からプリントされた紙を手に取った。用紙には〈責任〉や〈不慮の事故〉といった生々しい言葉が躍っている。

いつかパソコンにウィルスが侵入し、データが全部消えたと玲子が大騒ぎしていたのを思い出した。

「人間の脳っていうのは、つくづくメカニックにできてるもんなんですね。まるでコンピューターだ」

君島は静かに同意する。

「この仕事をしているとたびたびそう思います。脳がＣＰＵだとすれば、病気はウィルスそのもの。記憶はデータですね。技術者がウィルスを除いてパソコンを修理するのと同じように、我々医師も細胞を取り除く。一つだけ違うのはパソコンは換えがきくけど、人間はそうでないということです。だからというわけではないですが、一生懸命やらせていただきますので」

宣言するように口にして、君島は小さく会釈した。

「いえ、とんでもない。我々は先生だけが頼りですので」

克明はさらに深く頭を下げた。部屋から去る際、君島の声が背中越しに聞こえた。

「若菜さん、手術が終わったらで結構です。やはり奥様には病名を告げてあげていただけませんか。私も何人もの患者さんを診てきましたが、奥様は弱い方ではないと思うんです。奥様は病気に立ち向かうための条件をしっかりと満たしています」

「条件？」

「ええ。奥様は一人じゃありませんから。一緒に闘ってくれる家族がいるのなら、私なら伝えてほしいと思います。疎外されたくありません。ガンというのはもちろん忌み嫌われるべき病気ですが、自分の生き方や周囲との関わりを見つめ直すという点においては、悪い面ばかりではないと思うんです。奥様は一人じゃありません。一緒に闘ってくれる人がいるんです。条件の揃っている方です」

君島はキッパリと言い切った。自分がガンと診断されればたしかに同じことを思うかもしれない。しかし、玲子は強い女では決してない。病名を知って落ち込むのは火を見るよりも明らかなのだ。

「すみません。出すぎたことを」

言い淀んだ克明を見て、君島は寂しげに微笑んだ。

今度こそ背中を向けた君島におじぎして、克明はナースステーションを後にした。「一緒に闘ってくれる人」という言葉が、しばらく頭から離れなかった。

6

手術当日は朝から冷たい雨が降っていた。白い息を吐き出しながら仕事から病院に戻ると、俊平が入れ替わりでエレベーターから降りてきた。

「おお、オヤジじゃん」

俊平の方も克明に気づき、先に声をかけてくる。

「じゃん、なんて言い方があるか。なんだ、手術には立ち会えないのか」

「ちょっと野暮用。終わる頃にはたぶん戻れる」

「野暮用って、今日くらい一緒にいられないのか」

「今日くらいって、散々一緒にいたじゃねぇか」

「何があるんだ」

「それは、まぁ色々と」

あっけらかんと笑う俊平に、それ以上は言えなかった。

「お母さんの様子は？」

「やっぱりナーバスにはなってるみたいだけどね。わざわざ他から名医が来てくれるんだぜって言ったら、やっぱり大変な手術なんだって肩落としてた。もう何言っても動揺する」

「そうか。やっぱりきちんと病名を伝えた方がいいのかな」

なるべく一人で判断したいと思い、誰にも相談はしなかった。俊平はおどけたように舌を出す。

「正直、俺は言わない方がいいと思うけどね。あの人、そんなたくましくないでしょ。基本的にはオヤジの判断に任せるけど」

足取り軽く去っていった俊平を見送り、部屋に入る。玲子は半身を起こして、日記帳に何やら書き込んでいた。もちろんノートは逆さまじゃない。顔色も悪くなさそうだ。

「調子良さそうだな。何を書いてるんだ」

克明は何食わぬ顔で訊ねたが、玲子は慌ててノートを引き出しにしまった。ここ何日か同じようなやり取りが続いている。

「財産の分配についてね。何があるかわからないでしょ」

今日は冗談を言う気力まであるようだ。高輪に移ってから、玲子はますます元気を取り戻している。意識がハッキリし始めた途端に手術だ。かわいそうな気持ちもなくはない。

手術時間を間近に控え、ピリピリした雰囲気の看護師が数人病室に入ってきた。先にもらっていた同意書には、〈障害が生じる可能性〉といった旨のことが延々と記されてあった。看護師は「そんなに心配することないですよ」と勇気づけてくれたが、克明はいよいよ始まるのだという気持ちを強めた。

やはり落ち着きをなくし始めた玲子の頭に、工事現場の骨組みのような器具が装着される。頭を固定し、ガン細胞の位置を特定するための道具だそうだ。目視できない細胞の位置を、将棋のマス目のように縦、横で割り出すのだと聞かされた。

玲子はストレッチャーで手術室に運ばれていった。貴重品の整理をして、後を追おうとした矢先、戸が開いた。

「あ、若菜さん。先にご紹介しておきますね」

複雑な顔を見せる君島の背後に、白衣を着た壮年の男が立っていた。今日の執刀医なのだろう。つまり、君島の元夫だ。そういえば俊平に二人の関係を教えてやるのを忘れていた。

「日本女子医大の木下と申します」

「若菜です」と、お互い短い挨拶を交わしたあと、木下は柔和な笑みを浮かべた。それは患者の家族を無為に勇気づけようとするものでなく、心から親しげなものに見えた。

「すばらしい息子さんをお持ちですね」

木下は突然言った。今回の一件がなければすぐに否定していたに違いない。しかし克明は一瞬呆気にとられたあと、すぐに胸を張った。俺たちの子どもはこんなに立派に成長してくれたんだと、ずっと誰かに自慢したかった。

予定の十七時を少し回った頃、手術室のランプが点った。

早ければ三十分で終わると看護師から言われていたが、あっという間に十七時半を回り、十八時が近づいた。深夜のような静寂に包まれたまま、終わる気配は一向にない。

「ごめん、ごめん。遅くなった。まだ終わらない？」

見上げると、スーツ姿の浩介が立っていた。

「早かったな。仕事は大丈夫か」

「今日は仕事ってわけじゃなかったんだ」

「背広なのにか？　仕事じゃなかったら何なんだ」

「それは、まぁ色々とね」

「なんだ、お前も隠し事か」

「ん？　お前もって何？」

浩介は不思議そうに首をかしげたが、すぐに話題を変えた。

「それより、どう？　お母さんの様子」

取り出した水を一気に流し込んで、浩介は訊ね返す。克明は手術前の玲子の調子を一通り説明した。

浩介は腕時計を一度見て、首をかしげる。

「一時間か。うまくいっているといいんだけど」

つばを飲み込むのもはばかられる緊張感の中、時間だけが刻一刻と進んでいく。

「例の件、もう少し待っててね」

しばらくして、浩介が前触れもなく切り出した。「例の件」が何のことか、訊ねなくてもわかった。

「そうだ、浩介。一度、俺に深雪さんと会わせてもらえないか。俺からもきちんと彼女に謝りたいんだ」

「そうしてくれると俺も助かるよ。ただ、本当にもうちょっと、そうだな、来週にはお膳立てできると思うんだ。俺は俺でうまく進むようにやってるから、悪いけどもうちょっとだけ待っててて」

手術開始から二時間を超え、ついに十九時を回ったとき、唐突に〈手術中〉の灯りが落ちた。再び緊張が全身を包み込み、そこからさらに数分間のヒリヒリした時間が続いたあと、ようやく自動扉が開かれる。

汗を拭いながら最初に出てきたのは木下教授だった。先ほど挨拶したのと同じ人間と思えないほど、木下は張り詰めた表情をしている。克明に目配せさえせず、足早に去っていく。

数人の看護師が後に続き、君島が姿を見せたのは最後だった。

「あの、先生」

その表情から結果を読み取ることはできなかった。近寄ると、君島の頰がほんのりと紅潮しているのが窺えた。

立ち上がった克明を一瞥し、君島は我に返ったように深くうなずく。

「悪性リンパ腫で間違いありませんでした。中枢神経系悪性リンパ種です。奥様、助かりますよ」

普段、絶対に言質を取られることを口にしない医師が、不意に断言した。呆気にとられる克明に、君島はすぐに首を振る。

「いえ、すみません。何をもって助かると言っていいかという問題はありますが、少なくとも治療する余地はあります。今日、明日に何かが起きるというわけではありません」

ゆっくりと言葉の意味を咀嚼する。心の澱《おり》が浚《さら》われていくようだった。そして、心の深い部分に矢が突き刺さる感覚にとらわれた。

「想定していたよりさらに腫瘍が小さく、難しい手術になりましたが、見事な手際だったと思います。奥様は強運の持ち主です。大丈夫ですよ、きっと助かります」

今度はしっかりとコントロールされた言葉だった。

克明はまだ礼を言っていないことを思い出したが、そのとき、頭を包帯とネットで覆われた玲子が手術室から運ばれてきた。

目は固く閉じられ、鼻には吸引器が挿入されている。その姿に気後れしそうになるが、君島は「このまま病室に戻っていただけますので」と先回りするように説明した。

君島は白い帽子を脱いで、肩を自分で揉みながら、エレベーターホールに消えていった。

玲子のストレッチャーを押していた担当の看護師が「本当に良かったですね。おめでとうございます！」と屈託なく笑う。

ガンと判明して「おめでとう」という言い草も不思議な気がしたが、克明も「ありがとうございます」と顔をほころばした。

浩介からも他人事のように背中を叩かれた。まるで自分の命が救われたような祝福のされ方に、克明はつい笑ってしまう。いや、でも実際そうなのだ。自分が生き長らえたことに等しいのだ。

浩介を家に帰し、なかなか目を覚まさない玲子の手を、克明は握り続けていた。その間、ずっと気になるものがあった。貴重品を戻すときに目に入った、玲子の日記帳だ。

玲子は暇さえあればノートに何か書き込んでいた。意識が不安定な頃はさして気にならなかったが、正気が戻ってからもそれは続き、次第に意識するようになった。

上下逆さまに握られていたノートに何が書き込まれているのか。訊ねてもはぐらかすだけで、玲子は答えようとしなかった。

多くの管を通して、玲子は深く眠っている。彼女が考えることを把握するのは夫として必要なことではないのか？　勝手な言い訳も思いつき、いよいよノートに手を伸ばそうとした、そのときだった。

「おい、何してる！」

突然の怒声が部屋に響いた。ビクンと肩を震わせ、あわてて振り返ると、いつかキッチンを漁っていたときと同じように俊平が指を差して笑っていた。

「いい歳こいて人のプライベート覗くなよ。家族だからって日記見るのは反則だろ」

俊平はイヤミを言いつつも、すぐに視線をベッドに向けた。一転して緊張した面持ちを浮かべ、玲子の隣に腰を下ろす。

「成功、したんだろうな？」

俊平はふとんから出ていた玲子の手をつかみとった。目を赤く潤ませながら、まるで本人に答えを求めているような口ぶりだ。

「予定していたより時間はかかったんだがな。悪性リンパ腫で間違いないそうだ。治療もできる。いま君島先生が次に受け入れてくれる病院を探してくれている」

「そうか。良かったなぁ。本当に良かったなぁ、オヤジ」

そうこぼした次の瞬間、俊平は号泣し始めた。オェッ、オェッと、必死にえずくのを堪えようとするが、涙はとめどなくこぼれ落ちる。そういえば小さい頃、どちらかと言えば泣き虫なのは浩介よりも俊平の方だった。克明の手の中で泣き続けていた、あの頃の姿がよみがえる。

廊下に出て、缶コーヒーで乾杯したあと、俊平が切り出した。

「オフクロには悪いんだけど、俺、今回スゲー楽しかったよ。病気のこと勉強して、借金のことを調べて、病院探して、解決法見つけてさ。それが全部オフクロが生き延びることに直結してて。リアルなドラクエやってるみたいだった。パーティーもいたし、その意味ではドラクエ3みたいだったな」

俊平は言うだけ言って、はじめて照れたように顔をしかめた。「ドラクエ」がなんのことかさっぱりだし、「3」に至っては見当もつかないけれど、克明は口をはさまなかった。

俊平も克明を気にかけず、飄々と言葉を継いでいく。

「こないだ兄貴が、今の家族は機能してるって言ったんだよね。苦しいことを苦しいって吐き出して、やっと家族は回り出したって。俺、あれ正解だと思うよ。苦しいことを溜め込むのって、結局問題を先送りにしているだけなんだ。せっかく身近な人間がいるんだから、さらけ出してりゃいいんだよ。一緒に悩んでもらうだけでいい。若菜家を底から見上げてたらそう思った」

そうか……とつぶやきながら、克明はおずおずと首を振った。

「でも、そのわりにはあいつ自身の悩みは見えてこないけどな。浩介のヤツ、自分の方は大丈夫なんだろうな」

「いやぁ、あの人はあの人で必死にもがいてるみたいだよ。ただ、さらけ出す相手が俺たちの方じゃないってことでしょ。俺とは違って、あの人の家族はこっち側だけじゃないからさ」

俊平はそれ以上の質問を受け付けようとせず、立ち上がった。最後にニヤリと微笑んだ表情には、どこか意味深なニュアンスが含まれていた。

克明もそれ以上訊ねなかったが、俊平の意図したことはしっかりと伝わった。いや、そのつもりだったのだ。

7

玲子に病名を告知したのは翌日の昼だった。彼女が目を覚まし、息子たちが二人とも出揃ったのを見計らい、克明は単刀直入に切り出した。

「リンパ腫というガンだったよ。でも、治る病気だ。素晴らしい先生に恵まれたし、こいつらもついている。お前は治ったあとのことだけ考えていればいいから」

何も迷うことはなかった。俊平の「問題を先送りにするだけ」「さらけ出せばいい」という言葉が背中を強く押してくれた。告知しないという選択肢は、克明にはすでにありえないものだった。

もちろん俊平もそのつもりでいると思っていた。が、当の本人は「え、マジすか？　告知しちゃうの？　ええ、いま？」と目を真ん丸に見開いた。

克明もたまらず口を開けた。どうやら互いの意思は違っていたようだが、確信は揺るがない。事実、はじめはショックを受けたように顔を青く染めたが、「そうか、それはそうだよね。でも、がんばらなきゃね」と、玲子は誰にともなくつぶやいた。

子どもたちは意外そうに目を向け合ったが、克明は当然とさえ思った。息子たちが死にものぐるいでがんばってくれたのだ。そんなことでへこたれていたら罰が当たる。穴を開けた側頭部を撫でながら、玲子は「よし、がんばろう」と何度となく繰り返した。

生検術からちょうど二週間後、玲子の転院が決まった。君島が話をつけてきてくれたのは東京・築地にある日本がんセンターだった。

「脳神経科だけでも数百人待ちという噂ですけどね。めずらしい病気だったことが、ある意味ラッキーでした」

意地悪そうに笑った君島に、克明は心の底から安堵する。もちろん、この国きってのガンの権威に治療してもらえることは大きな理由ではあったが、それだけじゃない。

「な？　告知しといてよかっただろ。がんセンターだぞ？」

克明が胸を張って言うと、俊平は呆けたように顔を向け、「結果論じゃん」とケタケタと笑った。

三好に戻ってまた数泊し、がんセンターには週明けの朝イチに入院した。対面した岡田という主治医は、今までのどの先生ともタイプが違った。

「へぇ、ホントにステロイドでこんなに腫瘍って消えちゃうんだね。こんな小さいのから摘出したなんて、女子医の先生、いい仕事したねぇ」

心から感心したように言うと、岡田はすぐに脳の画像を放り投げ、次々と今後のことについて説明していった。

一週間の入院と一週間の自宅療養を一クールとして、それを五クール繰り返すこと。手術は行わず、メトトレキサートという抗がん剤を大量投与し、経過を見守ること。すべてのクールを終えた段階で脳全体に放射線を当てること。おそらく髪の毛はすべて抜け落ちてしまうこと。最近のカツラの技術は侮れないということ。

手術をしないという言葉に顔を輝かせたのもつかの間、「髪が抜ける」という一言に玲子は劇画のようにうなだれた。ただでさえ〈がんセンター〉という名に気落ちしていた玲子の口から、次々と質問が飛び出す。克明はメモを取るだけで必死だった。

「先生？　私、治るんですよね？」

「まぁ、奥さんの気力次第だけどね。あとは神のみぞ知る、かな」

「やっぱりタバコが悪かったんですか。若い頃、吸ってたことがあって」

「どうなんだろう。リンパ腫とタバコは直接の因果関係はないと思うけど。でも、僕は絶対に吸わないよ。百歳まで生きたいもの」

「ああ、そうですか。私も百歳まで生きたいな」

「じゃあ、お互いがんばろうよ。おいしいご飯に、美しい景色。生きてれば楽しいことがいっぱいあるよ」

「つらいことだってありますよ」

「そう？　僕はあまり感じないな。楽しいじゃない。考えたってキリないよ。つらいことだって楽しまなきゃ」

一言でいえば、つかみどころのない先生だった。四十五歳くらいだろうか。ケラケラとよく笑い、患者をむやみに勇気づけることなく、だからといって突き放すこともない。それは玲子がＭＲＩのために診察室を出ていって、一人残った克明に対しても同じだった。

「実際のところ、家内はあとどれくらい生きられますか？」

覚悟をもって訊ねた克明に、岡田はおどけたように肩をすくめる。

「やっぱり奥さんのがんばり次第かな。一般には四十ヶ月が平均って言われてるけど、新記録作るつもりでがんばりましょう。余命なんて考えても意味がありませんよ。どうせ誰だってそれぞれの余命を持っているもんなんだから」

岡田はカラッと言った。しかし、その瞳にはうっすらと悲しげなものが宿っているようにも見えた。人の生き死にに、より直接的に関わる病気の専門医である。彼なりの心のバリアは必要なはずだ。あるいは患者に近づきすぎないための、医師のやり方なのかもしれない。

あてがわれたのは十六階に位置する女性専用の病棟だった。東京湾側に開けた窓からはお台場のテレビ局まで一望できる。三好の病院から始まり、思えばすごいところへ来たものだ。

玲子を連れて病室に向かうと、先に荷物を運んでいた俊平が同室の女性と親しげに話し込んでいた。

「あ、やっと来た。うちのオフクロっす。弱音とか吐いているようだったら、容赦なく説教してやってください」

俊平と話していた初老の女性は、ガンであることが到底信じられないほど快活だった。

「乳ガンで入院中の衣笠でーす。よろしくね。それで、どういう治療するって？　先生、なんだって？」

その明るさに面食らいながらも、玲子はたどたどしく答える。

「若菜玲子です。よろしくお願いします。私は抗がん剤で治療するみたいです。先生は大丈夫だっておっしゃってくれました」

手術をしないという治療法について、玲子の口調はどこか誇らしげに感じられた。だが衣笠の大仰な笑い声が、玲子の言葉をかき消した。

「あ、手術しないんだ？　だったら私と同じじゃん。手遅れだ」

　玲子は度肝を抜かれた表情を浮かべた。克明は反応に困ったが、助太刀するように俊平が大声で笑う。

「いくらなんでもそれは悪趣味ですって。衣笠さんももちろん治療中だよ。ついでにオフクロの状況も説明済みだから」

　俊平が説明すると、衣笠は本当におかしそうに腹を抱えた。

「悪趣味だろうが何だろうが私たちは病気なんだ。笑ってなきゃやってられないよ。ねぇ、奥さん」

　はじめはムッとしたものの、玲子はすぐに苦笑いを浮かべ、衣笠の言葉に同調した。

「そうですね。笑ってなきゃやってられないですよね。病気なんだもん。苦しくても笑ってなくちゃ」

8

　抗がん剤による治療も二クール目に入ると、玲子は病院での生活にすっかり慣れていた。やれうなぎが食べたいだの、退屈だのと言うまでは我慢できたが、「ああ、退屈。タバコ吸いたい」と言い出したときには、さすがの克明も怒鳴りつけた。

眼下の東京湾がうっすらと赤く色づいていた。澄んだ朝の景色も、ネオン瞬く夜景も悪くないが、夕方のこの時間こそが、十六階から眺めるもっとも美しい光景だと克明は思っている。

約束の時間が近づき、腰を上げた。

「それじゃ、ちょっと出てくるから。あとは頼むな」

点滴を打ちながら眠る玲子を俊平に預け、克明は病院を出た。向かった先はがんセンターのほど近く、浜離宮の脇にある古い喫茶店だ。

約束の時間より早いくらいなのに、深雪の姿は先にあった。

「あ、お義父《とう》さん」

すっと立ち上がった深雪に手を振り、克明はテーブルに歩み寄る。もう十年以上着古しているトレンチコートを脱いで、席に着いた。

「寒い中すまなかったね。仕事は平気？」

「ええ。最近やっと妊娠していることを周りに認識してもらったみたいで。だいぶのんびりやらしてもらってます」

「そう。でも、無理はしないでくれな。今は身体が一番なんだから」

一ヶ月ほど会わなかっただけで、深雪のお腹はほんのりと膨らんでいた。新しい家族は母の胎内で着々と成長しているようだ。

「あの、お義父さん。すみませんでした。私、全然お見舞いにも行かなくて」

深雪の方が先に切り出す。思えば、二人きりで向き合うのははじめてのことだ。

手の震えが止まらないほど緊張していた。でも、一秒だって先送りにできなかった。深雪もまた家族なのだと信じれば、逃れることはできなかった。

「すみません、深雪さん。本当に恥ずかしい話なんだが、聞いてもらえますか」

深雪はうなずき、すーっと息を吸う。それを一瞥し、克明はこの一ヶ月にあったこと、いや、そのずっと前から自分たち夫婦が犯し続けてきたミスについて話をした。

もちろん借金のことも口にした。絶対に言い訳にならないように、極力ありのままを説明した。そして、破産のことも告白した。今後、築地にまで通院しなければならないことを思えば、いよいよ三好を離れ、すぐにでも東京にアパートを探さなければならなかった。深雪や生まれてくる子まで巻き込む恐怖にあいかわらず足は震えたが、克明は嗚咽を噛み殺して明け透けなまでに説明した。

色白の深雪の表情から心の内を探ることはできなかった。手足がおかしいほど震え続けた。コップに穴が開いていると思うほど水がこぼれた。

浩介から「もう大丈夫。セッティングするからいつでも言って」と言われたのは、先週のことだ。本当は浩介を通すのが筋かもしれないが、そうしなかったのはこのことを深雪に伝えたいからだった。

「深雪さん、本当に申し訳ない」

かすれる声を絞り出した。

「僕が言うのは筋違いだとわかっています。千二百万という金額がどれほどのものかということも、もう僕に信用がないのも知っています。ただ、絶対にこれ以上迷惑はかけません。借金をする人間の常套句《じょうとうく》みたいなことを言いたくないけれど、信じてもらえませんか。借金は必ず僕が返す。だから、どうか浩介を見捨てないでやってほしいんだ。お願いします」

胸の鼓動を抑え込み、なんとか最後まで言い切って、克明はテーブルに額をつけた。プライドなどかなぐり捨てた。心の底から懇願した。

再び覚悟を決め、ゆっくりと顔を上げた。深雪の表情に、なぜかうっすらと笑みが浮かんでいた。

湯気の立ち消えた紅茶に口をつけ、深雪は不思議そうに首をかしげた。

「つい最近、俊平くんからも同じことを言われたんです。俺が必ず借金返すからって。だから兄貴を見捨てないでやってくれないかって」

「俊平が？　いつ？」

「三週間くらい前。ああ、ちょうど高輪でお義母《かあ》さんの手術があった日です。そんな日にどうしてって訊いたら、怖くて立ち会ってなんかいられないって笑ってました」

深雪は思い出話をするように訥々《とつとつ》と口にしたが、不意に目を細めた。紅茶のカップをトレーに戻し、克明の瞳をきつく見据える。

「お義父さんがすべてお話ししてくれたので、私も本当のことを言います。正直に言えば、私はお義父さんたちのことがずっと許せませんでした。自分たちの生活を少し質素にすれば済むことなのに、浩介や俊平くんにも苦しみを強いて、よく平気だと疑っていました。その気持ちは今も拭えてないのかもしれません。反論はあると思いますけど、少なくとも私の目にはそう見えていました」

話を聞きながら、克明はがっくりとうなだれた。反論など出てこなかった。深雪の顔は見られなかったが、全身の空気を入れ換えるような深い呼吸の音が聞こえた。

「だけど、そんなお義父さんたちのところからしか浩介は生まれてこなかったんです。それだけは事実なんです」

「だけど、それは」

「お義父さんは、まだ浩介の話を聞いてないですか？」

「話？」

「彼、私たちが思っているよりもずっとたくましいですよ。というより、今回のことでたくましくなったんだと思います。家の状況も、みなさんのことも、余計な銀座のホステスの話まで彼は話してくれました。その上で、こっちの家族を壊すつもりはまったくないって。解決する手立てももう打ってあるって言っていました」

そう切り出し、一度カップに口をつけてから、深雪は浩介の話を始めた。漠然と数字をとらえていた克明と違い、千二百万という金額を、浩介は計算していたのだという。電機メーカーに勤める浩介の年収はおよそ五百万。同年代のサラリーマンに比べれば悪くはないが、もちろん千二百万という金額を抱え込むのは重すぎる。

玲子の病気が判明してしばらくした頃、浩介は九百万という年収だけを条件に、転職活動を始めた。そうすれば三年、これまでの生活を守りながらも三年で抱え込んだ借金は返せるはずだと目論んだ。

そして、想定していたよりもずっと早く、浩介は新しい会社を決めてきそうなのだという。最終面接まで進んでいるのは、外資系の一般消費財メーカー。年俸制が取られ、初年度の額は九百万をわずかだが超えるのだそうだ。

「この不況と、取締役の判断ミスで、私たちの会社はハッキリ言って火の車です。期待していた外資との合併話もなくなってしまい、いつ買収されるかと、社内は毎日戦々恐々としています。浩介だったらいつか転職しようとしたはずです。今回の一件は逆にいいきっかけになったのかもしれません」

克明は何も聞かされていなかった。俊平が含みを持って言った「あの人の家族はこっち側だけじゃない」というのは、このことだった。

途中から話を聞いていられなくなり、克明は場所もわきまえずに肩を震わせた。俊平が生まれたときに家族の前で泣かないと決めて、必死に守り通してきたことだった。それなのに、よりによって長男の嫁の前でボロボロ涙をこぼしている。

「私、小さい頃ホラー映画が大嫌いだったんですよ。おばけにとっては人間こそホラーなのに、一方的に悪と断じられて、退治されて。そんなふうに思えてたはずなのに、私は当然のように自分の育った家族だけが正しい姿だと思っていた。母が思い出させてくれたんです」

深雪の声も震えていた。その音が聞こえるほど、深雪は大きくつばを飲み込んだ。

「見捨てないでってこっちのセリフです。母からものすごく怒られました。若菜家の一員になった覚悟もないくせに何が結婚だって。いいことばかり共有しようなんて図々しいって。浩介さんがあまりにもかわいそうだって」

それから深雪は優に十分以上かけて、母親とのことを話し始めた。若菜家に親子の物語があるように、深雪と母のつながりも当然ながらまた強いものだった。深雪は母に若菜家の不満をぶつけ、同調を求めたが、逆に激しく叱られたのだと説明した。

「逃げてばかりで本当にすみませんでした。許していただけるのなら、私もこれから病院に行っていいですか。お義母さんに、お腹をさすってもらいたいんです」

辺りもはばからず号泣する初老の男と、腹を膨らませた若い女だ。手を取り合ってむせび泣く二人を、周りはどう思っているのだろう。玲子がずっと娘を欲しがっていた理由を、今なら理解できる気がした。

二人で真っ赤に目を潤ませながら病院に戻ると、まず仕事帰りの浩介が目を真ん丸に見開いた。

俊平の方はすぐに状況を悟ったようで、グーサインを作ってくる。その様子に、ようやく浩介も合点がいったようにうなずいた。

家族の視線を一身に受け、深雪が深々と頭を下げた。

「お義母さん、すみませんでした。私、本当に」

そう言ったまま黙り込んだ深雪の顔を、玲子はまじまじと凝視する。謝罪か、懐柔か。次の言動を誰もが注視する中、だが玲子はどこまでも玲子だった。

「あっ、わかっちゃった。私、やっぱり死ぬんでしょ？　死ぬから深雪さん最後の挨拶に来てくれたんだ。ねぇ、そうでしょう？」

ほんの一瞬の間のあと、そこにいた全員が吹き出した。イヤミと取られたのではと危惧《きぐ》した深雪もおかしそうに笑っている。

俊平が一歩前へ出た。いつものようにほくそ笑む。

「ああ、死ぬよ。死ぬに決まってんじゃん。あのブルース・リーだって死んだんだぜ。俺も、兄貴も、深雪さんも、オヤジなんかもうすぐだよ。みんなのたれ死んで灰になる」

浩介が続きの言葉を引き取った。

「ああ、そうだな。だからみんな必死に幸せでいなきゃならないんだ。せめて生きている間くらいはさ」

右手で優しくお腹をさすりながら、深雪が鼻をすすった。新しい家族は温かい母の胎内で何を思っているのだろう。その肩をそっと浩介が抱き寄せる。俊平は誇らしそうに胸を張る。

「余命一週間」という診断が下された日から、一ヶ月が過ぎた。同じ時間を過ごし、玲子が晴れて退院する頃にはもうクリスマスだ。

何が変わっているだろう。何かが変わっているはずだ。今回のことで成長したそれぞれの新しい生活が始まろうとしている。

頭の中で勇壮なファンファーレが鳴り響く。

一人一人は微力な小さな鼓笛隊が、懸命にそれぞれの楽器を奏でている。

五章　ぼくたちは家族

1

ふすまを外しても十二畳に満たないリビングに、笑いがあふれていた。共通の目的があるわけでもないのに、わりと最近まで他人だった人たちが楽しげに笑い合っている。ちょっとだけ不思議で、不気味にも思う。

こういう場面に立ち会うとき、若菜梓は決まってあの日のことを思い出す。いまから四年半前の二月、底冷えのする朝だった。

前夜の頭痛は見事に風邪の予兆で、這いつくばって欠勤の電話をかけると、店長は「無理無理。予約入っちゃったもん」と、勝手な理屈で笑い立てた。

練馬駅前の不動産屋に勤め始めて一年ほど過ぎていた。いつもこき使われ、もう絶対に辞めてやると息巻きながら出勤すると、約束より三十分も早く、予約客は来店した。

痩せ細った初老の男に、目の焦点が合わない妻らしき女、そして渡した名刺を見て「すんげー名字！」と爆笑した失礼千万な若い男。変な構図の三人だと思いつつも、梓は今日で最後と自分に言い聞かせ、物件を案内した。

聞けば、マンションに越すのは初老の夫婦だけという。築地の病院に通いやすいこと、病身でも生活に不自由のないこと、部屋はなるべく多いこと、その上で何がなんでも十万円以下という条件を出され、六つほど物件を用意した。

母親はどの物件を見ても「あら、素敵なお部屋」と品よく口にした。父親と息子はその都度何かを確認するように顔を見合わせていたが、異変があったのは三軒目、それまでで一番古めかしいマンションを案内しているときだった。

「ひぃっ！」という声の方を見やると、父親の背後をゴキブリが這っていた。梓《あずさ》も虫は大の苦手だ。父親よりはるかに大きな悲鳴を上げ、悲しいほど男らしくない息子と二人で後ずさる中、母親だけが悠然と壁に歩み寄った。

「本当に素敵なお部屋。ほら、見て。かわいい虫もいるじゃない」

これまでの人生でも群を抜いて面食らった瞬間だった。母親がついに壁に手を伸ばしかけたとき、息子と父親が「ダメーっ！」と同時に声を上げた。母親は不思議そうにこちらを向いた。なんか菩薩《ぼさつ》様みたい。少女のように濁りのない母親の目を見て、そう思った。

四軒目の物件に向かう車の中で、息子が事情を説明してくれた。そんなことまで、ところが制したくなるような内容を、ヘラヘラと笑いながらよくしゃべった。だからだろうか、いつもは他人の苦労話なんてどうでもいいのに、そのときはストンと胸に落ちた。

最後に梓のイチオシ物件を案内した。築地市場まで大江戸線で一本で行けて、駅から徒歩十分、築十八年、家賃九万八千円の3ＬＤＫ。リビングは少し手狭だが、リフォーム直後の部屋はこぎれいで、徒歩圏内にスーパーやコンビニも揃っている。

母親はテラスからの景色が気に入ったようだ。ちょうど夕暮れ時だったのも印象を良くするのに一役買っていたのだろう。

柵越しに並ぶと、母親は「キレイね」と独り言のようにつぶやいた。西向きに広がる街がたしかに色づいていた。雲の切れ間から太陽が顔を覗かせ、近くの遊園地のアトラクションを真っ赤に染めている。

「本当にキレイですね。私もこの時間帯が一番好きです」

言葉が自然と漏れた。母親は梓の顔を振り返りもせず、「でも、もう少しすると寂しい時間になるのよね」と、仲の良い友人のように口にした。

三人ともこのマンションを気に入り、その日のうちに契約を済ませてくれた。粛々と事務手続きを済ませ、いつものようにこの時点で家族とは縁が切れた、はずだった。

それからダラダラと二年が過ぎた、やはり二月の寒い日だった。夕方、今度こそ絶対に辞めてやると息巻きながら店を出ると、パチンコ店から出てくる若い男と目が合った。

すぐには誰かわからなかったが、人を小馬鹿にしたような表情にはたしかに見覚えがあった。

男も警戒するように睨んでくる。少し考える仕草を見せ、梓が出てきたビルの看板に目を向けると、今度は弾けるような笑みを浮かべた。

「あ、源五郎丸《げんごろうまる》さんじゃないですか！　若菜ですよ。ほら、物件案内してもらって、母がゴキブリを素手でつかまえようとした方の若菜俊平です！」

町中で名字を呼ばれたことに猛烈にムッとし、自己紹介の「素手」の件には悔しいが吹き出してしまった。運命、と言ったらもちろんおこがましいが、梓は俊平と再会した。

人生でほとんどはじめてナンパのようなものに引っかかり、その日のうちに飲みに行った。子持ちの元カノに何度もフラれただの、意を決して告白した年上の女性医師には相手にもされなかっただのと、とにかくよくしゃべる男だった。

梓も長く付き合ったカレシと別れた直後だった。俊平に負けず劣らず、よく飲み、よくしゃべり、世の男どもに対する不平不満をぶちまけた。

互いになかなかネガティブなスタートだったが、その一ヶ月後には付き合い始め、まさかの童貞喪失劇を経て、一年後に俊平の方からプロポーズ。そして二年後に結婚と、その過程にたいしたドラマはなかったが、いまのところ結婚生活に不満はない。

　不満はないが、いまがゴールじゃないこともよく知っている。そんな話を、結婚前から俊平はよくしていた。

　お互い笑って死んでいけるように、楽しく、身の丈に合った生き方をしていきましょうというのが、結婚に際して掲げたとりあえずの目標だ。

　不似合いに大きなテーブルに肘をつき、梓は改めてリビングを見渡した。浩介、深雪の義兄夫婦に、その息子の健太《けんた》。夫の俊平がいて、自分がいる。小さい頃にひたすら居心地の良かった環境とはまた別の、家族という体裁。ひとまず、憧れていたシュッとした名字は手に入れた。

　ヒザを痛めたり、キレ痔になったりと、いまも心配はつきない。毎日のように電話してきたり、お金もないのに新しい鍋を買ったりと、イライラすることも少なくない。

　それでも梓がはじめて会った日から四年半、若菜家の一員になって約二年だ。義母は元気に毎日を生きている。

2

「おかあさん。ねぇ、おかあさん！　おばあちゃんは？」という声で我に返り、若菜深雪は足下を見た。一人息子の健太が必死にズボンの裾を引っ張っている。

「だから病院だって言ってるじゃない。いま忙しいの。おいたんが暇そうだから遊んでもらいなさい」

「ヤダね！」

「なんでよ」

「おいたん、タバコくさいからイヤだ」

隣でトマトを切っていた梓が瞬時に顔を赤らめる。

「ホントよねぇ、健ちゃん。お義姉《ねえ》さんからも言ってくださいよ。あいつ、全然タバコやめないんです。こっちは身重だっていうのに、なめてるんですよ」

深雪は苦笑しながら、「梓ちゃんは休んでていいよ。それこそ身重なんだし」と気遣った。言っておかなければあとが大変だ。「あの義姉さんは」などと陰で言われてはたまらない。

俊平の結婚というニュースは、大きな驚きとともに、深雪を不安にもさせた。ただでさえ面倒くさい若菜家の中に、また一人他人が飛び込んでくるというのだ。どんな子が現れるのか。俊平のフィアンセというだけで、正直仲良くなれる気はしなかった。

案の定、はじめて対面した日の梓は髪の毛を明るく染め、平気でタバコを吸い、どこかはすっぱな感じも馴染みにくかった。

だが、持つべきは同じ立場の人間だ。嫁同士、そして若菜家の新参者同士として、深雪と梓は驚くくらい気が合った。したことと言えば共通の敵を作っただけだ。相手はもちろん旧若菜家の面々だ。

深い話をするわけでなく、相続問題でも勃発すればたちまち吹き飛ぶ間柄に違いない。だが「そんな心配してみたいですよねぇ」と笑い合える余裕が、残念だけどいまはある。

「なんだ、健太。またおいたんの噂話かよ」

健太の頭を撫で回しながら、俊平が首を突っ込んできた。チーズをつまんだ俊平の顔をしげしげと眺め、健太は「仕方ない。おいたんと遊んでやるか」と一丁前のことを口にする。

テラスに消えていった二人を見やりながら、梓が「なんか出産で気をつけた方がいいことってあります？」と訊ねてきた。

「うーん。とにかく周りの意見を信じすぎないってことかな」

「周りの意見？」

不思議そうに目を向けてくる梓から逃れ、物思いに耽る。

「うん。あとで後悔することばっかりだから。とくに親世代の意見には気をつけて」

脳裏を過ぎったのは義母の四クール目の自宅療養期間、三好から練馬へ引っ越した日のことだ。

その日、仕事の浩介と寝坊した俊平は引っ越しに立ち会わなかった。一人のこのこと赴いたものの、健太を身籠っていた状況では戦力にならず、仕方なく義母《はは》と文字通りお茶をすすっていた。

引っ越しスタッフが荷物をトラックに積み終え、玄関を出ると、義母は不意に家を見上げた。

「やっぱり寂しいですよね」

義母が三好の家に恨みを抱いていたことは知っている。ここで暮らした十七年間はひたすらローンに追われる日々だった。

それでも、義母が人生を賭《か》けた家なのだ。思い入れがないわけない。逆の立場だったら、きっとさみしいに違いない。

深雪の質問に、だが義母は想定外とばかりに目をパチクリさせた。しばらく考え込む表情を浮かべ、悟ったように首を振る。

「ううん。全然。せいせいする」

「せいせいするんですか？　ちっとも？」

「うん。やっと苦しいのから逃げられる。誰が言ったんだっけ。家じゃなくて、家族が大切なんだって。あの言葉に救われた」

義母はキッパリと言いきり、家を見上げた。身を寄せるようにして、義父《ちち》が隣に立った。
つぶやいた。
病気の影響だったのか。「さよなら、マイホーム。私たちの夢」と、義母は照れるでもなく
さよなら、家族たち——。そのくらい言えよ。同じように家を見上げながら、深雪は八つ
当たりのような思いをぶつけた。
すべての荷物を積み終え、車に乗り込むとき、義母は厳しい表情を浮かべた。深雪は瞬時
に悟った。ああ、きっとこれは復讐だ。いままでの不満が爆発して、何かひどいことを言わ
れるのだと、心にバリアを張った。
本当は高尾で言いたかったことなんだけどね。義母はそう前置きし、訥々と語り始めた。
「深雪さんはとにかくいっぱい食べてちょうだいね。食べれば食べるほど元気な子が生まれ
るんだから。太るからなんて考えなくていい。私が責任を持つ。体型なんて、とくに一人目
のときは絶対に元に戻るんだから」
一瞬、呆気にとられたが、深雪はすぐに破顔した。言葉に乗せられ、妊娠中はとにかくよ
く食べた。手足がむくみ、あごがたるんで、妊娠中毒症の一歩手前まで行ってしまったが、
それでも食欲は治まらなかった。
絶対に元に戻る、という義母の言葉は、いつからか心の支えにも、逃げ道にもなっていた。

なんとか深刻な病気になることもなく、気の赴くまま食べ続け、おかげでみんなが望む以上に元気な子が出てきてくれた。けれど……。

「何、あれ⁉」という潑剌とした声に、我に返る。リビングに戻り、何個目かのみかんをつまみながら、声のするテラスに目を向ける。

健太が指さす先に、遊園地の巨大なアトラクションが見えた。

「おお、お前もうあれが見えるのかよ。あれはフライングパイレーツって言ってな。スゲーぞ。おいたんの思い出の乗り物なんだ」

俊平がどこか自慢げな口調で言い、健太を抱きかかえる。

「すげー思い出？　どんな？」

「おいたん、高校生の頃まだ童貞でな。周りもそんなヤツばっかりで焦ってた」

「どーてー⁉」

「おお、童貞だ。健太も童貞だ。でな、友だちと一緒にナンパしにあそこのプールに行ったんだけど、みんな口ばっかりで結局声なんかかけられないんだよ。で、いい加減水の中にいるのもイヤになって、連中と乗ったのがあれだった」

「へぇ、すっげーね！　ナンパってなにー？」

「ナンパってのは、そうだな。女の子に友だちになろうって声をかけること？」

「だったら、僕も昨日ナンパしたよ！　ゆり組のリリアちゃん！」

「おお、マジか。えらいぞ、健太。じゃあ、今度リリアちゃんに合コンしようって言っとけよ」

「うん、いいよ！　でも、合コンってなにーっ⁉」

「合コンていうのは、ええと、そうだな。なんか最近面倒くさいな、お前」

はじめは微笑ましいと思いながら眺めていたが、さすがに黙っていられなくなった。深雪はテラスの窓を開けて、俊平の後頭部を小突く。

「ちょっと、おいたん。うちの子に余計なこと吹き込まないでもらえる。そうでなくても最近この子なんでもかんでも外で言いふらすんだから」

「いやいや、それは深雪さんとこの教育の問題っしょ」

俊平はすかさずニンマリ笑った。最近はいつもそうだ。二人で話すとき、俊平は必ず底意地悪い笑みを浮かべ、視線を二の腕あたりに向けてくる。そして「でも、今の深雪さんの方が断然いいけどね」と上から目線で言ってくる。

俊平に反論できない自分が悔しい。でも鏡の前に立つと、我ながらつい笑いそうになるときがある。

卒乳しても食欲は衰えず、いまだ気の赴くまま食べている。あの細い腕は一体どこへ消えたのだろう。「私が責任を持つ」という義母の言葉は何だったのか。

俊平がおどけて舌を出すと、背後から梓がひょっこり顔を出した。

「お義姉《ねえ》さん、こいつそろそろぶっ飛ばしましょうか。やっぱり人のことなめてるんですよ」

「べつになめてはねぇっすよ」

「なめてるよ。妊婦つかまえてタバコ買ってこいとか、ありえないでしょ」

俊平と健太の目が合った。イジメにあう友人を慰めるように、健太の目は優しい。

「健太、覚えとけ。いまは女の時代だぞ。男にとっては受難の時代だ」

「うん、わかったよ！　でも、じゅなんってなにーっ⁉」

「受難っていうのは、そうだな。いまのおいたんみたいな状態のことかな」

「ふーん、そうか。ねぇ、おとうさん。指相撲しようぜ！」

あっという間に俊平とのやり取りに飽きて、健太はソファでビールを飲む浩介のもとに駆け寄った。「待ーてーっ！」と叫びながら、俊平が後を追う。

取り残された梓と目が合って、同時に吹き出した。毎回共有することを確認し合う。旧若菜家の面々には絶対に言えないことだ。二人きりのとき、決まって話すことがある。

「あの人たち、べつに成長とかしてないよね？　本人たちはさも成長したふうに振る舞ってるけど、全然だよね」

義母の病気はたしかに大変だったと思う。それぞれが病気と立ち向かい、あのときはみんな死にものぐるいだった。でも、それだけだ。深雪自身も含め、だからといって、誰も成長なんかしていない。

義母は「家がせまい」と贅沢な文句を言い続け、義父も相変わらずひょろひょろしてつかみどころがない。俊平は父親になる威厳なんてどこ吹く風で、深雪自身もつまらないことで今でもすぐにカリカリする。

成長した人間を強いて挙げるとすれば、浩介だろうか。義母が倒れてからの四年半、夫はかなりがんばった。眉間に深い皺を刻み、急激に白髪を増やし、慣れない外資系企業で彼は本当によくやってきたと思う。

「ノー！　ボブ、ソーリー！　ベリーソーリー、ピーター！」という寝言を聞いたときは、さすがに心配になって叩き起こしたほどだった。

浩介は駆け寄ってきた健太を抱きしめた。高く持ち上げられた健太が「ねぇ、おとうさん。男の子かな、女の子かな」と、梓のお腹を指差して言う。

浩介は笑顔を浮かべたまま、「健太はどっちがいい？」と訊ね返した。

健太は真剣に悩む素振りを見せ、パッと顔を輝かせる。

「僕、女の子が欲しいよ！」

「どうして？」

「だって、かわいいじゃん！　家の中がきっと明るくなるよ」

浩介は呆けたように口を開けたが、しばらくして「そうか。女の子がいいのか」と健太の頭を優しく撫でた。

その様子をのんびりと眺めたあと、深雪も微笑みながら二人のもとへ近寄った。家族って何なんだろう。その答えは死ぬ頃までにはわかるだろうか。

3

健太はいつの間にかソファで寝息を立てていた。深雪と梓は高さのほとんど変わらない肩を並べて、再びキッチンに立っている。

若菜浩介はコロナビールを冷蔵庫から二本取り出し、ゆずと一緒に弟に手渡した。

「は？　ゆず？　ライムじゃなくて？」

目を丸くする俊平に「まぁ、日本人だしな」と返して、改めてダイニングを見渡した。三好から越してくるとき、家具はほとんど近所の人たちに引き取ってもらった。

持ってきた数少ないものの一つに、『真珠の耳飾りの少女』のパズルがある。パズルは狭い部屋の中で異常な存在感を示している。三好時代は一言も言及しなかったくせに、練馬に越してきてはじめて、深雪は「すごいパズル。買ったの？」と度肝を抜かれた顔をした。

「なぁ、兄貴。オヤジから仕事の話って聞いてる？」

瓶に口をつけて、俊平が切り出した。

「少しだけ。調子いいんだろ」

「おかげさまで。やっとまともな給料もらえるようになってきたよ。オヤジがタネまいてきたもんがようやく花開いてきた感じかな」

「長かったな。引っ越しもボチボチだって？」

「ああ、家ももう決めてきた」

「どこ？」

「自由が丘」

俊平はシレッと言ったが、浩介はたまらず眉をひそめた。自由が丘は父と母が新婚生活をスタートさせた街だ。

「おいおい、また家賃に苦しめられるんじゃないだろうな」

「俺たちのマンションは格安だよ。少なくとも当時のオヤジたちの相場に比べればな」

「そうか、プロが掘り出したのか」

「ああ、すっごい貪欲に。家探しってのはやっぱりあれくらい気合い入れなきゃならないんだよ。あいつの血走った目を見て、はじめてオヤジたちの失敗がなんだったのか気づいた」

「ハハ。まぁ、たしかにな」と浩介が言いかけたとき、噂をしていた梓が手のソースをなめながら割り込んできた。

「ねぇ、料理ほとんどできちゃったよ」

健太が顔を輝かせて飛び起きる。

「僕もうお腹ペコペコだよ！」

俊平がクスリと笑って、「いいよ。先に始めちゃうぜ」と当然のように口にした。「ええ、待っててあげようよ」と深雪が首を突っ込んだが、「いいよ、電話も出ないし。もうこっちに向かってるんだろ」と俊平は早速ワインの栓を開け始めた。

不釣り合いに大きなダイニングテーブルを五人で囲み、それぞれのグラスに飲み物を注いだ。ワイングラスを掲げて、俊平が主役の健太に微笑みかける。

「健坊、今日でいくつになったんだっけ？」

「四歳だよ」

「オーケー。じゃあ四歳の抱負を一つ。抱負っていうのはだな、ええと」

「知ってるよ、目標のことでしょ？　僕のホープはＤＳを手に入れること！　それと梓ちゃんが元気な女の子を産むこと！　あと、もう一個」

「もう一個？」

「うん、みんなが幸せに暮らすこと！」

前々から思っていたことがある。欲しいものを欲しいと公言し、家族の幸せを心から願う。そして、なぜか女の子を欲しがってやまない。健太は母によく似ている。

テーブルに笑いがあふれたところで、俊平は仕切り直した。

「では、健太の四歳の誕生日を祝して、乾杯！」

「乾杯ー！」と、グラスが次々と健太の頬に近づいた。健太はオレンジジュースを一気に飲み干して、さっそく好物のフライドチキンに手を伸ばす。

「この子、すっかりジャンクフードの味を覚えちゃったのよね。北欧の木のオモチャになんか見向きもしてくれなくて、アンパンマンばっかりだし」

深雪がしみじみ語ると、かけ合いのように梓が笑う。

「まぁ、俊平と同じ血を引いてる子ですしね。お義兄《にい》さんも、申し訳ないですけど北欧って感じじゃないですし」

「ええ、俺？」

突然腐されてワインをむせそうになった。テーブルに再び笑いが弾ける。とくに最近は梓が会話をリードすることが多い。

　健太のパスタに手を伸ばしかけたとき、梓の視線が止まった。

「あれ、それってお義母《かあ》さんですか？」

　視線の先に目をやると、食器棚の上にいくつもの写真立てが並んでいた。その中に、たしかに見慣れないものが混ざっている。

「へぇ、ホントだ。こんなのはじめて見るな」

　一番近い浩介が写真を取った。真ん中に生後間もない健太を抱く母がいる。その周りを浩介と深雪が肩を組み、父と俊平がVサインを作って囲む。なんの変哲もない写真だが、母の髪の毛だけほとんど抜け落ちてしまっている。

　深雪が横から口をはさんだ。

「そうか、梓ちゃんはお義母さんの髪が全部抜けた姿って知らないんだもんね」

「はい。最初に家を案内したときは、ちょっとおかしいかなと思ったけど、そのときも髪はありましたし。二年前に挨拶にきたときは、もううっすらと生えてきてたし」

「最初の入院で脳に放射線を当ててね。全脳放射療法とかっていって、それが結構強いものだったらしいの。五クールの治療を終えて、退院したときは全然抜けてなくて、このままいけるのかなって安心してたら、一気にね」

大人たちの様子を退屈そうに眺めていた健太に、梓が笑いかける。

「ねぇ、健ちゃんが今日で四歳ってことは、お義母さんが最初に病気をしてからもそれくらいってこと？」

「うん。今月で五十四ヶ月」

俊平が当然のように答えた。

「なに、お前。数えてるわけ？」

「いや、岡田先生が悪性リンパ腫の平均寿命は四十ヶ月って言ってただろ？　なんとなくクセになっちゃってさ。カウントダウンするように、一ヶ月ずつ」

「そうか。新記録を目指そうって言ったよな。あれって何ヶ月なんだろうな」

時刻は十四時を過ぎていた。健太はすでにパーティーにも飽き、梓からプレゼントされたプラレールで遊び始めた。

大人四人になったダイニングで、俊平が天井を見つめた。

「あの、そういえばさ、兄貴、深雪さん」

それから俊平はあれやこれやと前置きを口にした。何を話そうとしているのか、何を迷っているのか。

ようやく踏ん切りをつけたように、俊平は梓を含めた三人の顔を順に見渡していく。そしてようやく語り始めたのは、発病と同時に母が何かを書き留め始めた、あの逆さまのノートのことだった。

浩介はひょろひょろとした弟の瞳をジッと見つめ、しばし話に聞き入った。いまでも弟に腹が立つことは多い。でも年に一度くらい、こいつが弟で良かったと思うときがある。

たぶん、それだけで充分だ。

4

この家族が相手なら話してもいいはずだ。そう決心し、若菜俊平はしっかりと兄の目を見据え返した。

三好、高輪、築地と、いくつもの病院を転々としている間、母は肌身離さずノートを抱えていた。思い出したように何かを書き込んだかと思えば、古いページを読み返し、一人で微笑んでいる日もあった。

家族のプライバシーに関心はないし、そうでなくても壊れた母がまともなことを書いているとは思えない。実際にノートを手にした日まで、本当に興味などなかったのだ。

だが、母が四クール目の入院に向かった日だった。付き添いは父に任せ、俊平は一人三好で間近に迫った引っ越しの準備に追われていた。リビングをあらかた整理し、自分の部屋を片付け終え、ふと覗いた両親の寝室の化粧台に、ノートが置かれていた。この日に限って、母は忘れて出かけていた。

とはいえ、このときもとくに感じることはなく、病院に届けてやろうとカバンにしまっておいた。

しかし築地に向かう中央線の中で、ノートを盗み見しようとしていた父の姿を思い出した。たしか高輪の病院だったはずだ。どこか思い詰めた表情をし、引き出しに手を伸ばそうとしていた父は、呼び止めた俊平の声にビクンと肩を震わせた。

あの出来事さえなければ、というのが最初に抱いた言い訳だ。続いて、若菜家を底から見ていた自分だけは、と思い至った。色々な理由を勝手にこじつけ、気づいたときには、俊平はカバンからノートを取り出していた。

はじめの方には、食事のレシピやパソコンのノウハウが書かれていた。そうしたものが数ページ続いたあと、唐突に〈K〉だの〈Y〉だのという文字と一緒に、無機質な数字が並ぶページが現れた。それが消費者金融の借入高を示したものだと気づくまでに、時間がかかった。

なんとなく気重になりながらも、ページをめくり続けた。次に目が留まったのは、一日の経過や食事の内容、駅名などがひたすら列挙された文字だった。

〈起床。12時、昼食。ご飯、油あげのみそ汁、ほうれん草のおひたし、昨日ののこりの肉じゃが。おいしかった〉

〈買いもの。何をかいにきたのか思い出せず不あんになる。パソコンで自分のあたまについて調べてみる。ひとまず心配なさそうで安心〉

〈夜、カレーライス。ふくじんずけなくてお父さんにしかられた〉

〈三好　↓　引田　↓　山の　↓　↓　とどろき〉

〈大さと？　↓　↓　↓　三よし　↓　引田？〉

〈パパのこうぶつ↓パイナップル。玲子のこうぶつ↓なべ焼きうどん。浩すけのこうぶつ↓りんご。さんぺいのこうぶつ↓おすし〉

日記と思っていたものは、少し意味を違えていた。書き記された文字からは、母の焦りや不安が滲み出ていた。必死に正常であることを確認しようとするたびに、深みにはまっていく様子もうかがえた。

誤字脱字のオンパレードで、次第に漢字の数が減っていき、しまいには俊平がさんぺいになっていた。その後の母の身に起きることを知っていながら、いつしか祈る気持ちが乗り移った。ページをめくる手が止まらない。

電車が多摩川を越え、ノートも半分ほど進んだ辺りで、前触れもなく上下逆さまの文字が現れた。大切そうにノートを抱えていた母の姿を思い出す。

〈なにをたべたかおぼえてない。しゅんぺいのなまえとかおがでてこない。じぶんがいなくなってしまったみたいですごくこわい。あたまがぼんやりして、とてもさむい〉

その日を境に、ノートは日記の体《てい》を為《な》さなくなった。記号の羅列や幼稚園児のようなイラストにページが占拠され、まれに含まれる言葉は〈やまのびょういん〉や〈へやのおばあさんがこわい〉など、かろうじて読み取れるものも混ざっていたが、ほとんど判読できない。たまらない気持ちになりながらも、ページをめくり続けた。すると、途中からまた正しい向きの文字が現れて、その文字は次第に力強く、人間らしさを宿すようになっていった。なんの変哲もない大学ノート一冊に、母の病気の変遷がすべて凝縮されていた。

どこか安堵しながら、静かにノートを閉じようとした。だが次の瞬間、またしても上下逆さまの文字が目に飛び込んだ。

それは背表紙の裏にある一語だった。やはりミミズが這ったような字で、しかしこれまでのどの文字よりも力強く、こんな言葉が記されていた。

〈とっても、しあわせな、じんせいでした〉

そして習字のように、文字の左下に〈わかなれいこ〉と、その下には〈・〉と小さくピリオドが打たれている。

しばらく吸い寄せられるように文字を眺めていた。気づいたときには、ポツポツと人のいる電車の中で、俊平は嗚咽を堪えていた。

あの言葉がいつ書かれたものなのか、俊平は知らない。ただ、高輪の病院に移った頃からの記述は、すべて正しい方向で書かれている。そして、転院する間に数泊した三好の家で、父が言っていたのを聞いている。

「なぁ、お前は幸せじゃないのかよ？」

壁一枚隔てた向こうの部屋から、母の答えは最後まで聞こえなかった。〈とっても、しあわせな、じんせい〉は、その問いに対する、母からの回答ではないかと思うのだ。

途切れていく意識の中で、母はうっすらと自らの「死」を感じ取っていた。

かねて「幸せかどうかは死ぬときしかわからない」と公言していた人が、その間際に、必死に絞り出した心の声。

逆さまに記された文字こそが、俊平にはその証明に思えてならなかった。

涙を誘いたいわけではなかったが、声がかすれた。話を聞いていた三人は神妙な面持ちを崩さず、俊平の話に聞き入っていた。

「というわけなんだよね」

最後に一人一人の顔を見渡して、俊平は静かに話を閉じた。涙こそなかったが、部屋には重い空気が立ちこめる。

みんなの目がゆっくりと兄に向けられた。兄はしばらく考え込む様子を見せていたが、諦めたように息を漏らした。そして真剣な面持ちのまま、女性二人に問いかけた。

「まぁ、内容はどうあれ、盗み見するのは、ねぇ？」

同意を求められた女性陣は、すぐに意地悪そうにほくそ笑む。

「おお、怖っ。私もうかうか日記なんかつけられないわ」

梓がわざとらしく肩を震わせれば、深雪まで悪のりして「俺は底から見てるからいいんだー！　見せろー！　とか言って？」と、ケラケラ笑った。

「そうか、そっちか。そう来るか」と、はじめは俊平も一緒に笑っていたが、あまりにもしつこく囃し立てられ、次第にムカついてきた。

それを悟ったわけではないだろうが、笑いの収まった兄が「そういえば、さっき言いそびれたんだけどさ」と、話題を変えた。

兄は真顔を取り戻し、視線を深雪へ向ける。深雪の方も何かを悟ったように力強くうなずいた。兄は単刀直入に言い放った。

「ちょっと前に三好の家の借金、片付いたからな」

「え、ああ。そうか。それはありがとう」

「ありがとうじゃねぇよ。お前とオヤジから預かってる分はとりあえず手をつけないであるぞ。全部で四百万近くある」

「だって、それは俺たちの分だから。三分の一ずつ払えなくて申し訳なく思ってるよ。これからも俺たちは払い続けるつもりだから」

兄はつまらなそうに鼻で笑った。

「俺は若菜家の長男として勝手に請け負うことを決めたんだ。あのときの決断のおかげで転職できたし、生活に張りが出たし、英語もずいぶん達者になった。来年にはマンションも買えると思うし、そろそろ二人目も作ろうと思ってる。だから、あの金はお前らに返す」

「いやいや。いらねぇよ、そんな金」

「だからお前は何を聞いてたんだよ。返すって」

「だからさぁ」と、次第に本気でエスカレートしていった二人の間に、深雪が割り込んだ。

「じゃあ三人で分ければ？」

一体何個食べれば気が済むのか。深雪はさらに新しいみかんをむきながら、当然とばかりに言い放つ。

「三人って、なんだよ」

憮然とした兄の言葉にも、深雪は怯まない。

「だから、お金払ったみんなで分け合えばいいじゃん。一人頭百万以上になるんでしょ？充分すごい額じゃん」

「まぁ、素敵！　お義姉《ねえ》さまぁ」と調子よくしなを作った梓の手を、深雪は目を瞬かせて払い落とした。

しばらくどこか一点を見つめたあと、深雪は合点がいったようにうなずいた。

「ううん、四人だ。四人で分けてあげなくちゃ。ついでに端数もあげちゃおう」

そのとき、チャイムの音が鳴った。「あっ、帰ってきた！」という声とともに、健太の顔が輝いた。

健太が駆け寄っていった玄関を見ると、なぜか苛立たしげな顔をした父が懸命に背中を伸ばしていた。

「じいちゃん、じいちゃん！」という健太の声に、すかさず父の表情はくちゃくちゃに緩んでいく。

「すまんなぁ、健太。遅くなって。ほら、プレゼントだ」

健太に手を引かれてダイニングに入ると、父は健太にキレイにラッピングされた小さな箱を手渡した。

「やったー！　ＤＳだぁー！」

歓喜の声が部屋中にこだまする。しかし笑いがみんなに伝染した次の瞬間、さらに大きな声が部屋いっぱいに轟いた。

「もう！　本当に優しくない！」

包装紙を解いていた健太の手がピタリと止まる。一目散に玄関に駆け出した。全員の視線が再び玄関に注がれた。

「ばあちゃんだーっ！」

健太に無理やり手を引っ張られながらも、母はブツブツと文句を言いながらリビングに入ってくる。

「足が痛いって言ってるのに、一人でどんどん先に行っちゃってさ。いつもそうよ。少しも待とうとしてくれない。もう本っ当に優しくない！」

「だって、もうみんな集まってる時間だろ」

「だからって、こっちは病人でしょ！」

「お前は二言目にはそれだな。調子いいときばかり病人になりやがって」

「ねぇ、それより結果はどうだったんだよ？」

強引に話を止めた兄に、父がオーケーのサインを作ってみせる。

「問題なし。岡田先生も太鼓判を押してくれた。次の検査はまた三ヶ月後だ」

「そうか、これで五十四ヶ月目もクリアだな。新記録に向けてまた一歩前進だ」

不思議そうに首をかしげた両親をよそに、深雪と梓が「ほらね」「成長が」などとぶつぶつ言い合っている。

なんの話か知らないが、たぶん俊平が言いたいことと一緒だろう。

「っていうか、あんたらいい加減ケンカやめろよな。さすがにもう見飽きたよ」

二人がテーブルにつき、乾杯し直したのも束の間、デジカメを手にした梓がおずおずと切り出した。

「ねぇ、みんなで写真撮りません？　私が入ったやつって全然なくて、結構疎外感あるんですよね。お義母《かあ》さんの闘病地獄のときも私だけ参戦できなかったし」

「やったー！　撮ろう、撮ろう！」

真っ先に賛成したのは健太だ。「闘病地獄に参戦」という言葉が妙にはまって、みな一様に吹き出したが、反対する者はいなかった。

俊平がファインダーを覗き込み、シャッターのタイマーをセットする。テーブルを囲んで六人が笑っていた。

奇跡だと思った。母だけじゃない。健太が、深雪が、梓が、父が、兄がいる。部屋の中に誰一人として欠けていないことは、きっと当たり前のことじゃない。当然と思っちゃいけないのだ。

思えば、母が倒れる前だってこんなものだった。会えばみんな楽しそうに笑っていて、悩みなんてないかのように振る舞っていた。母の借金など想像もしていなかったし、ましてやガンになるなんて夢にも思っていなかった。

人間が死と裏表で生きているということさえ、母が倒れるあの日まで忘れていたのだ。母が生き長らえたからといって、家族の何かが楽しく閉じたわけではない。次の瞬間にはまた誰かが倒れているのかもしれないし、誰かの莫大な借金が露呈しているかもしれない。だから、今だけはきっと笑ってなくちゃいけないのだ。

タイマーボタンをセットして、俊平はあわてて梓の隣に駆け寄った。膨らみ始めたお腹に手を置いて、耳元でそっとささやく。

「来年のいま頃はもう一人いるな」

赤いライトが点滅を始めた。それに合わせて、浩介が口を開いた。

「さぁ、来るぞー。はい、チーズ！」

フラッシュの瞬く瞬間、健太の甲高い声が、若菜家の狭いダイニングに響き渡る。

「ピース！」

……と、ここで終われば締まりも良かったのに、さらに甲高い母の声が、健太の言葉と重なった。

「あ〜あ、これがハワイならもっと良かったのにね」

解　説

石井裕也

　この小説はフィクションであるが、作者自身の実体験が基になっている。この物語がどこか他人事に感じられない理由は、圧倒的なリアリティによって裏打ちされているからだ。そして誰もが突如として当事者になる可能性を秘めているのだということを改めて痛感させられる。家族に問題が起こることももちろん怖いが、家族に真正面から向き合わなければならなくなることも怖い。だが好むと好まざるとにかかわらず、いずれその時は訪れる。

　この小説に登場する若菜家の場合、母の玲子の病気に端を発し、家族は家族に向き合わなければならなくなる。しかも脳を患った玲子が、それまで内に秘めていた本音を吐露し始めるのだから尚更大変だ。本音を隠すことで何とか維持できていた家族が、いつしか本音でぶつかり合わざるを得なくなる。長男の浩介は誰にも見せたくなかった弱みを見せることになる。次男の俊平は家族に対する期待を、父の克明は玲子に対する愛情を見せることになる。だが作者は、「本音でぶつかり合えば家族が上手くまとまる」というような安直で短絡的なメッセージを伝えたかったわけではないと想像する。もっと深く、冷静に家族というものを見つめようとしたのだと思う。

家族とは何か。考えれば考えるほど分からなくなる。捕まえられそうになる度に、指の間をすり抜けていく。言ってしまえば家族とは、業《ごう》に近いものではないだろうか。

そんなことをふと僕が思ったのは先日、母親の二十三回忌の席で久しぶりに父親と兄と酒を飲んだ時だ。趣味嗜好がまるで違う僕たち三人にとって、会話が弾むような話題は特にない。ワラサの刺身を食いながら、ワラサは成長してブリになる、ああそうだっけ、というような、退屈しのぎの話題を搾り出すのが精一杯だった。僕は少々酔っ払っていたので、椅子の上で胡坐《あぐら》をかき、太腿を叩いたり足の裏のツボを押したりしていた。これは僕が酒に酔った時にいつもやる癖なのだ。ふと気づくと、父親と兄も全く同じことをしていた。その瞬間、「ああ、逃れられないのだ」と直感的に思った。家族はやはり家族なのだ。どのように抗《あらが》おうとも、家族というやつからは逃れられない。家族は、家族であることを強《し》いられる。そこに感動や感慨はない。三人の男たちが太腿を叩いている風景はただの事実でしかなかった。

そして僕はただただその事実の認識を迫られたに過ぎない。

家族とは何か。もちろんこの小説の作者も、そのテーマに敢然と立ち向かっている。それも極めて手荒い手法によってだ。母親の闘病という実体験を経た作者は、今度は小説家という立場に成り代わり、意地悪なほど巨大な試練を若菜家に与える。そしてそれは一家の精神的支柱である母の、しかもその中枢の脳にダメージを与えることで、家族というものを徹底的に叩きのめしていくのだ。そのおかげで僕たち読者は、物語の中盤までは若菜家の一員になったかのように重く苦しい時間を過ごすことを強要される。きっと作者は試したかったのだと思う。家族というもの、家族というものの強度を、徹底的に叩きのめすことによって確かめようとしたのだ。

やがて僕たち読者は、意外な形で希望を見出すことになる。それはつまり、叩きのめされることによって家族が壊れたのではない。もともと壊れていた、という現実を知ることによってだ。「家族なんてぶっ壊れていて当たり前」という作者の視点は、この時代だからこそ逆説的に希望へと転化される。「だったらそこからやり直すしかないではないか」という極めて簡潔にして希望的な結論の発見は、執筆当時三十代前半だった作者が持つ新しい世代の感覚によるものだったと僕は信じて疑わない。

作者とほぼ同世代の僕がこれまで抱いていた家族に対する感覚、名状しがたい違和感、居心地の悪さ、それと同時に持っている歪んだ期待のようなものを、作者は見事に代弁してくれているように感じた。「家族なんてぶっ壊れていて当たり前」という感覚は、僕たちの世代の人間であれば少なからず理解できるものだと思う。バブル経済すら知らない僕の実感では、物心がついたその時から日本の社会というものは既に崩壊していた。そして社会が崩壊しているということは、その最小構成単位である家族が崩壊していることと同義だ。誤解を恐れずに敢えて言うが、大なり小なりどこの家族もみんな全部ぶっ壊れている。少なくとも僕にはそのような感覚がある。理想の家族なんてないし、正常で健全な家族なんてありえない。だからこそ作者の「家族なんてぶっ壊れていて当たり前」という視点が僕の胸に深く突き刺さったのだろう。これは諦念だが、この諦念にこそ新しい世代の希望があると思うのだ。そのことを若菜家の中で唯一理解していたのは俊平だった。彼は常に家族というものを客観的にじっと観察していた人物であり、その彼が奇跡を起こす。いや、起こしてしまったと言うべきか。

ちょっとした縁があって、僕は作者と会う機会があった。一人っ子である作者は、実際に母親の余命宣告を受け、八方塞がりになった状況の中でとても苦しんだはずだ。だが一方で、そんな状況を俯瞰《ふかん》して見るもう一つの目線を持っていた。いわゆる作家の目線というものだ。ややもすると非常識で不謹慎な考えが作者の頭をちらついていたであろうことは想像に難くない。やがて現実に起きた出来事がフィクション小説として結実した時、作者の人格は二人の息子に分裂していた。つまり作者は浩介であり、同時に俊平だということだ。この小説の一ファンとしては、作者と何気ない会話をしているだけで大変に興味深い。作者は浩介のように責任感が強く、俊平のように自由で、浩介のように弱さを持ち、何より、俊平のようにロマンチストだ。

この小説が刊行されたのは二〇一一年三月十一日、つまりあの大震災の日だ。もちろん作者が震災を予見しているはずはないし、ただの偶然をドラマチックに捉えるつもりもない。重要なのは、この小説が震災前に書かれたものでありながら、震災後の僕たちに向けられたメッセージにもなっているということだ。これが作品の普遍性、強度というものだろうと思う。今この一瞬に家族の中に笑いがあったとしても、次の瞬間はどうなっているか分からない。だが作者は小説の中で、「それでいいのだ」と言っているように僕は思うのだ。いつ崩れるか分からない砂の上で、今この一瞬、家族が笑って生きていさえいればそれでいいのだと。砂の上で笑い、砂が崩れたらもがき、あがく。それの繰り返し。逆に言えば、僕たちにできることはそれしかない。

家族というものに向けられた作者の視点や眼差しに僕は癒され、安心し、気が楽になった。

小説を読み終えた後、家族のために何かがしたくなった。だが結局はきっと、何もできないのだろうと思う。そんなに一筋縄でいくほど、家族というものは甘くない。
だが、いずれ家族と向き合わなくてはならない瞬間が必ず訪れる。その時、僕は浩介たちと同じように戸惑い、右往左往して悩み、のたうち回ることになるだろう。そうなるに決まっている。

——映画監督

この作品は二〇一一年三月小社より刊行された『砂上のファンファーレ』を加筆・修正し、改題したものです。

ぼくたちの家族《かぞく》

早見和真《はやみかずまさ》

平成25年4月10日　初版発行
平成26年6月5日　5版発行

発行人――石原正康
編集人――永島賞二
発行所――株式会社幻冬舎
〒151-0051東京都渋谷区千駄ヶ谷4-9-7
電話　03(5411)6222(営業)
　　　03(5411)6211(編集)
振替00120-8-767643

印刷・製本―図書印刷株式会社
装丁者――高橋雅之

検印廃止
万一、落丁乱丁のある場合は送料小社負担で
お取替致します。小社宛にお送り下さい。
本書の一部あるいは全部を無断で複写複製することは、
法律で認められた場合を除き、著作権の侵害となります。
定価はカバーに表示してあります。
Printed in Japan © Kazumasa Hayami 2013

幻冬舎文庫

ISBN978-4-344-42007-6　C0193　は-23-1

幻冬舎ホームページアドレス　http://www.gentosha.co.jp/
この本に関するご意見・ご感想をメールでお寄せいただく場合は、
comment@gentosha.co.jpまで。